ペルペルの魔法《まほう》

ピピンとトムトム物語

たかどのほうこ［作］　さとうあや［絵］

理論社

もくじ

1　丸顔のおねえさん

　ピピンとトムトムは大のなかよし。ほとんどいつも、わざと少し遠回りをして、いっしょに学校から帰ります。石だたみの道をてくてく歩いて郵便局《ゆうびんきょく》のかどをまがり、おしゃれなお店のならぶ通りを最後《さいご》まで歩き、十段《だん》の石段《いしだん》をてっぺんまでのぼってから、小さな公園のまわりをぐるりと回ると、ピピンの住《す》む五階《かい》建《だ》てのアパート、はちみつ色の『ドレミファ荘《そう》』につくのです。

　そこで二人《ふたり》は、ドレミファ荘《そう》を囲《かこ》む鉄柵《てっさく》によりかかり、二、三分、または十二、三分、または二、三十分、空を見上げながら立ち話をします。ぽかぽかした明るい日ならなおのこと、この時間は、二人《ふたり》の大好《だいす》きな、ゆったり楽しいひとときでした。

でもときにはクラスのなかよし、マドちゃんにくっついて、郵便局《ゆうびんきょく》のかどをまがらずに八百屋《やおや》さんまで行き、野菜《やさい》を積《つ》んだ手押《てお》し車《ぐるま》をいっしょに押《お》しながら帰ってくることもありました。八百屋《やおや》さんの子どものマドちゃんは、配達《はいたつ》のおてつだいが大好《だいす》きで、ときどきドレミファ荘《そう》に届《とど》けにいくことがあったからです。

さて、木々《きぎ》の若葉《わかば》がやさしくそよぐ、あたたかい春の日のきょう、ピピンとトムトムはランドセルごとからだをあずけて柵《さく》に寄《よ》りかかり、おしゃべりに花を咲《さ》かせていました。するとカラコロと音が聞こえてきて、公園のほうから、緑色《みどりいろ》の手押《てお》し車《ぐるま》を押《お》したマドちゃんが、見知らぬおねえさんといっしょにこちらにやってくるのが見えました。手押《てお》し車《ぐるま》にさした風車《かざぐるま》が、マドちゃんのにこにこ顔といっしょに輝《かがや》いていました。

「あれぇ、マドちゃん、きょう、ドレミファ荘《そう》に配達《はいたつ》だったのぉ？」

ピピンが声をかけました。トムトムも柵《さく》からはなれてまっすぐに立ち、ちょっと緊《きん》張《ちょう》した目で隣《となり》にいる若《わか》い娘《むすめ》さんを見ました。丸い顔のまわりに巻《ま》き毛《げ》をくるくるさせ、花模様《はなもよう》の服《ふく》を着《き》た、健康《けんこう》そうな人でした。

「ちがうの。マルタさんを案内《あんない》してきたの」

そばまできたマドちゃんが、おねえさんを紹介《しょうかい》しながらいいました。「マルタさんよ。このあたりにいいアパートはないかしらって、さっきお店で、お父さんと話していたから、あたし、ドレミファ荘《そう》がいいと思って、つれてきてあげた

の」

マドちゃんと同じくらい、にこにこしていたマルタさんの丸いほっぺたが、お日さまを受けてピカピカしていました。マルタさんは、めずらしそうにドレミファ荘《そう》を見上げていた目を二人《ふたり》にうつすと、バニラ入りのクリームみたいな声でいいました。

「こんにちは。ここまでくるあいだに、マドちゃんからいろんなこと教えてもらったから、あなたがだれか、あたし、もうわかるわ。あなたがピピンで、あなたがトムトム！　で、ピピンがドレミファ荘《そう》の子で、トムトムは、もうちょっと先のおうちの子なのよね？」

二人《ふたり》は、ついうっとりしながら、こくんこくんとうなずきました。さっきから目をしばしばさせ、二つの前歯《まえば》を見せながらだまってマルタさんを見ていたトムトムが、

「……なんか、似《に》てない？」

とつぶやいて、ピピンと見くらべました。

「ひょっとしてぼくに……ってこと？」

というように、ピピンがはずかしそうに自分を指《ゆび》さしてトムトムを横目《よこめ》で見ると、トムトムが深々《ふかぶか》とうなずきました。するとマドちゃんがうれしそうに、

「あっ、似《に》てる似《に》てる！　きょうだいみたいかも！」

といい、マルタさんが、目をぱちぱちさせて、

「あらまあ、ほんとだわねえ！　なんてかわいい子かしら！」

とさけんだので、トムトムがプーッとふきだして、ピピンの横腹《よこばら》をつつき、ピピンが

「やめろよ」と小声で怒《おこ》りました。

マルタさんがいいました。

「ドレミファ荘《そう》って、すてきね！　二階《かい》のお部屋《へや》があいてるんですってね？」

それからマルタさんは、上目《うわめ》づかいになって、おずおずと、「……でも大家さんて、どんな人かしら？　こわいおばさんじゃなきゃいいんだけど……」とつけたしました。

じつはマルタさんは、これまで住《す》んでいたアパートの大家さんにしかられて、ひっこすことになったのです。

ピピンは、一瞬《いっしゅん》ぽかんとしてから、あわてていいました。

「ううん、すっごくやさしいおばさんだよ！　ぜんっぜんこわくなんかないよ！」

トムトムも応援《おうえん》するつもりで、

「うん、そうそう！　顔がこわいだけだよ」

といったので、「しっ！」とピピンがたしなめました。ずっと空《あ》き部屋《べや》だったドレミファ荘《そう》の二階《かい》に、若《わか》いマルタさんがひっこしてくるかもしれないと思ったただけで、心がバラ色にふくらんだ二人《ふたり》は、ここは何としても、ドラさんをやさしいおばさんに仕《し》立《た》てあげなければならないと必死《ひっし》になったのです。

でもじっさい、三階《がい》に住《す》んでいる大家さんのドラさんは、一見《いっけん》こわそうだけれど、やさしいなかよしおばさんでした。ときどき国語だって教えてくれました。

ピピンが身《み》を乗《の》りだして説明《せつめい》しました。

「ドレミファ荘《そう》の人はみんないい人ばかりだよ。まず一階《かい》がぼくんちで、三階《がい》が大家さんのドラさんとレミさんでしょ、で、四階《かい》がジジルさんていうおじいさんで、五階《かい》

がチェントさんていうおばあさん！」

トムトムも前に出て、

「チェントさんは百一歳《さい》なんだよ！　でもピンピンしてるし、おもしろいおばあさんだよ。ここにひっこしてきたら、きっと楽しいよ！　そうだ、何だったら、ドラさんのとこに、ぼくたちいっしょについていってって、貸《か》してもらえるように頼《たの》んであげるよ！」

と、得意《とくい》そうにいいました。住人《じゅうにん》でもないトムトムに、いいことを先にいわれたのが、ちょっとくやしかったけれど、ピピンも大きくうなずきました。

マドちゃんがにっこりしていいました。

「ほらね、マルタさん！　それじゃあたしは配達《はいたつ》があるから、行くね！　バイバイ！」

マドちゃんは三人に手をふると、カラコロと車を押《お》して帰っていきました。

2　マルタさんの秘密《ひみつ》

ピピンとトムトムが熱心《ねっしん》に推薦《すいせん》したおかげで――それにピピンに似《に》ていたのもよかったのでしょう――ドラさんの審査《しんさ》を通ったマルタさんは、次の日曜日、ドレミファ荘《そう》の二階《かい》にひっこしてきました。

ピピンとトムトムは、海賊《かいぞく》のようにきりりとハンカチを頭にまき、おおはりきりでおてつだいをしました。ちょっとした家財道具《かざいどうぐ》を運《はこ》ぶだけのことでしたが、渦巻《うずま》き状《じょう》の飾《かざ》りのついた鏡《かがみ》やら、華奢《きゃしゃ》なピンク色の椅子《いす》やらサテンのクッションやら、キラキラしたすきとおるのれんやら、自分たちの家にはない、どれも夢《ゆめ》のようにふんわりしたいい匂《にお》いのする物に、二人《ふたり》の気持ちは、ずっと、とろんとしたままでした。それに、

マルタさんもきれをかぶり、ズボン姿《すがた》で働《はたら》いてはいたけれど、かぶっているのは金色の輪っかでおさえたベールでしたし、はいているのはふんわりふくらんだモンペズボンでしたから、ひっこしをしている人というよりは、アラビアンナイトのおひめさまがうろついているようで、二人《ふたり》はいっそう、うっとりしたのです。

ひととおり片《かた》づいたところで、マルタさんはペルシャ織《お》りのじゅうたんにふわりとすわると、ボンボンを口に入れながら、ピピンのほうをみつめてクリームみたいな声でいいました。

「お願《ねが》いがあるの。ピピンに」

つられて床《ゆか》にすわりながら、

「……ぼくに？　ぼく、なんでもきくよ！」

と、指名《しめい》されたピピンははりきって目をピンとさせました。

「ありがとう。……じゃ、その前に、あたしの秘密《ひみつ》を聞いてくれる？　あなたがた二人《ふたり》にだけは話しておこうと思うの」

いきなり、そんな特別《とくべつ》のことをいわれて、二人《ふたり》はごくんとつばをのみました。

「あたし、世間的《せけんてき》には〈会社で事務《じむ》をしている事務員《じむいん》のマルタさん〉ってことになってるけれど、じつはそれ、あたしの仮《かり》の姿《すがた》なの。ほんとうはね……」

二人《ふたり》は、ごくんごくんとつばをのんで、耳をそばだて、思わずにじりよりました。

「ほんとうのあたしは、マルジャーナっていう、草原の舞姫《まいひめ》なの」

「マルジャーナ……？」

小さな丸い目をぱちぱちさせながらピピンがつぶやき、

「そうげんの…まい…ひめ……？」

と、まつ毛をしばしばさせてトムトムがつぶやきました。「……それって、原っぱで回ったりとびあがったりする人ってこと？」

「ちがうわよ！　原っぱで回ったりとびあがったりする人と、草原の舞姫《まいひめ》とは、ぜんぜんちがいます！」

マルタさん――いえ、マルジャーナは、ふんがいしたように、ぷーっとほっぺたをふくらませたあと、どこがどうちがうのか説明《せつめい》することもなく、すぐにもとの甘《あま》い調《ちょう》子《し》でいいました。

「だからこれからは、あたしたちのあいだでは、マルジャーナってよんでちょうだいね」

「……うん、わかった。……だけどそれがぼくにだけのお願《ねが》いなの？」

ピピンが聞くと、マルジャーナは、ちょっといいにくそうにベールのはじをゆびでもてあそびながらつづけました。

「ううん、今のは二人《ふたり》に。ピピンにお願《ねが》いしたいのはべつのことよ。……あのね、あたし、前のアパートの部屋《へや》で、羽《はね》みたいに軽《かろ》やかに踊《おど》りの練習《れんしゅう》をしていたの。そうしたら下に住《す》んでるこわい大家さんが、《クマの足ぶみみたいなどしんどしんには、もうがまんなりません！　出てってちょうだい》っていって、あたしを追《お》いだしたの。だから、ね、ピピン、どうか、そんな意地悪《いじわる》だけはいわないでねってことなの。お母さんにもそうお願《ねが》いしてほしいの」

「なあんだ。羽《はね》みたいに軽《かる》く踊《おど》ってる人に、クマの足ぶみだなんてこと、ぼくもお母さんもいうわけないよ！　お安《やす》いご用だよ！」

安心《あんしん》したピピンの顔は、りんごのようにぽっと赤くなりました。トムトムも、まったくだというようにうなずくと、声をはずませていいました。

「マルタ…じゃなくてマルジャーナ、ぼく、草原の舞姫《まいひめ》の踊《おど》り、見てみたい！」

「うん、ぼくも見てみたい！」

ピピンははやくも手をたたきました。

「そうお？　じゃあ、踊《おど》ってあげる！」

マルジャーナはさっそく立ち上がると、二人《ふたり》をさがらせ、丸いじゅうたんの真《ま》ん中《なか》まで進みました。そして小首をかしげながら、片方《かたほう》の手のひらを上に向《む》け、もう片方《かたほう》の手を何か聞こうとするように耳にあててポーズをとったところでいいました。

「いい？　ここは広い広い草原で、青空がどこまでも広がってるんだって思ってね。

そしてそよ風が吹《ふ》いてるって。二人《ふたり》とも、もうそのつもりになった？」

「ええと、もう少し……。よしっ、なった！」

ピピンがとじていた目をぱちっとあけてさけび、

「ちょい待《ま》って。ううん……ううん……。あっ、あっ……なった！」

と、トムトムもさけびました。

「じゃあ、踊《おど》るわね」

マルジャーナはそういうと、はちみつ入りのクリームみたいな声でふしぎなメロディーをくちずさみながら、くるくるくるっと回りました。うすいベールとカールした髪《かみ》が、マルジャーナの丸顔を追《お》いかけて回ります。るるるる～るるるる～。つぎには両手《りょうて》を広げ、足を大きく一歩ふみだしながら、羽《はね》のようにふわあ～ん……ととびあがり……**どしんっ**と床《ゆか》をならして着地《ちゃくち》しました。そしてふたたびくるくるくる回りながら部屋《へや》じゅうをかけぬけ、甘《あま》いいいにおいをふりまきながら、ピピンのほうにぐうっと近よったり、トムトムの鼻先《はなさき》を指先《ゆびさき》ですうっとなでたりしました。何度《なんど》も何《なん》

度《ど》も、羽《はね》のようにふわあ～んととびあがっては、**どしんどしんっ**と着地《ちゃくち》したけれど、夢中《むちゅう》で踊《おど》るマルジャーナの耳に、その音はちっとも入らないようでした。ピピンとトムトムの耳にはちゃんと入ったけれど、ちっとも気になりませんでした。

二人《ふたり》は完全《かんぜん》に、うっとりしていたのです。なぜなら二人《ふたり》の目に見えていたのは、ドレミファ荘《そう》の二階《かい》の部屋《へや》ではなく、青い青い空の下、広い広い草原で、そよ風とともに踊《おど》るマルジャーナの姿《すがた》だったからです。なるほど事務員《じむいん》のマルタさんは仮《かり》の姿《すがた》で、ほんとうは草原の舞姫《まいひめ》マルジャーナなのだと二人《ふたり》はつくづく思いました。でたらめなようなその踊《おど》りは、まったくのところ、すてきだったのでした！

次にマルジャーナは足を高くけりあげ、すばやく腰《こし》をくねくねっとひねるや、これまでにないほど高く高く思い切りとびあがりました——と、思ったその一瞬《いっしゅん》あとのこと。**ドッターンッ**と、地響《じひび》きのような音がとどろき、マルジャーナが足をすべらせてころびました。

「アッ！」

「アッ！」

「イタタタタッ！」

二人《ふたり》はあわててかけよりました。

「だいじょうぶ？」

「立てそう？……」

床《ゆか》にうずくまったままピピンとトムトムにはさまれたマルジャーナは、目に涙《なみだ》をいっぱいうかべて首をふり、

「足首をひねっちゃったみたい。とてもだめ……ああ、どうしましょう……」

と、とけたクリームみたいな声でいいました。

そのときジーッとベルが鳴りました。ピピンがかけていってドアをあけると、そこにはお母さんが、こわい顔で立っていました。

「いったい何のさわぎ？　ゾウがなわとびしてるみたいにどしんどしんやるのはやめてちょう……」

ピピンはあわてて、おかあさんの口を手でふさごうとしましたが、そんなことより、今が緊急事態《きんきゅうじたい》だったことを思い出しました。

「お母さん、マルジャ……じゃなく、マルタさんが、ころんで足をくじいちゃったみたいなの！」

「んまあ、それは大変《たいへん》！　ひっこしでけがをすることってあるのよ！　どれどれ！」

ピピンのお母さんは、どたどたと中に入ってきて、マルジャーナの足首が赤く腫《は》れているのを見るや、すばやくひき返《かえ》し、家からとってきた湿布薬《しっぷやく》でマルジャーナの足を冷《ひ》やし、念《ねん》のためにお医者《いしゃ》さんに見てもらうよう、テキパキ手配《てはい》しました。ピピンはその姿《すがた》に感心《かんしん》し、(ぼくのお母さんて、なんて役《やく》に立つんだろう。こんなときは、ドラさんやレミさんじゃ、とてもだめだろう)と思ったのですが、それはおそらく正しい見解《けんかい》だったでしょう。

こうして——ほんとうに何たることでしょう——マルジャーナは、ひっこし早々、しばらく松葉杖《まつばづえ》をついて暮《く》らすはめになったのです。

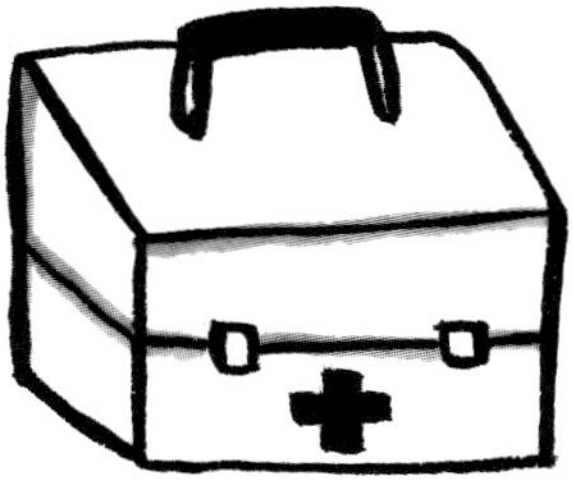

3　だいじな約束《やくそく》

ずっと空《あ》き部屋《べや》だった二階《かい》に若《わか》い娘《むすめ》さんが住《す》むことになったというだけで、ドレミファ荘《そう》の住人《じゅうにん》たちには大ニュースだったというのに、ひっこしてきたその日に足をけがして松葉杖《まつばづえ》……と知ったみんなは、あいさつとお見舞《みま》いをかねて、つぎつぎと、マルタさんを訪問《ほうもん》しては、世話《せわ》をやきました。何しろ歩くのが大変《たいへん》なのですから、しばらくは会社も休んで、じっとこもっているよりなかったのです。

ドラさんは、退屈《たいくつ》しないようにと探偵小説《たんていしょうせつ》を持《も》ってきてくれました。（もちろん中の一冊《さつ》はドラ・ドッソラ作『真夜中《まよなか》の足音』でした。ドラさんは探偵小説《たんていしょうせつ》を書いていたのです。著書《ちょしょ》はまだその一冊《さつ》だけでしたが）。レミさんは、花瓶《かびん》ごと、お花を持《も》っ

てくれました。（ドラさんたちは三姉妹《しまい》で、結婚《けっこん》して隣《となり》の建物《たてもの》に住《す》んでいる末《すえ》の妹ミンミさんは、お花屋で働《はたら》いていましたから、すてきなお花をつぎつぎ届《とど》けることができたし、レミさんは、以前《いぜん》、神経花瓶症《しんけいかびんしょう》という奇妙《きみょう》な病気《びょうき》にかかっていた関係《かんけい》で、部屋《へや》にはあふれるほど花瓶《かびん》があったのです）五階《かい》のチェントさんは、「人は同情《どうじょう》ばかりされるより、だれかの役《やく》に立つことで元気になるものよ」といって、レース編《あ》みの仕事をたのみました――というより、押《お》しつけました。四階《かい》のジジルさんは、はちみつドロップやピクルス、それに観葉植物《かんようしょくぶつ》などを持《も》ってきました。

でもいちばん実際的《じっさいてき》だったのは、何といってもピピンのお母さんでした。そもそも、呼《よ》び鈴《りん》が鳴《な》るたびに松葉杖《まつばづえ》をついてドアをあけにくるマルタさんの大変《たいへん》さを考えて、大家さんであるドラさんから合鍵《あいかぎ》をあずかり、訪問《ほうもん》したいという人の案内役《あんないやく》をつとめていたのですし、そのたびに、おかずを持《も》っていったり、台所を片《かた》づけたりと、けがした人がほんとうに助《たす》かることを、こまめにしてあげたのです。おそらく、少し大きくなったピピンを見ているようで、とてもほうってはおけなかったのでしょう。

でもさらに、その合鍵《あいかぎ》を貸《か》してもらって、もっとひんぱんに訪問《ほうもん》したのがピピンとトムトムでした。ふつうであれば、そうしょっちゅう訪《たず》ねていくのは気がひけるものですが、けがのおかげで、胸《むね》をはって遊《あそ》びにいくことができました。三人だけのとき、マルタさんは、マルジャーナになりました。

そんな一週間が過《す》ぎたときでした。ピンク色の椅子《いす》に腰《こし》かけたマルジャーナが、ギブスをした片足《かたあし》をのばし、いつもとちょっと違《ちが》う、ひきしまった顔つきで二人《ふたり》をじっとみつめていいました。

「またまたお願《ねが》いがあるの。今度《こんど》は二人《ふたり》に。これは、今までの中でも、とくにだいじなお願《ねが》いよ。……あのね、五月十三日に、二人《ふたり》で洞窟《どうくつ》に行ってくれない？」

「……は？」

ピピンとトムトムは、ぽかんと口をあけました。

「……どうくつ？　あの……丘《おか》にある？」

「……シロツメクサの原っぱの奥《おく》の？」

マルジャーナがこくんとうなずきました。二人《ふたり》は顔を見合わせて、もごもごと口の中で何かつぶやきました。町はずれの丘《おか》の細《ほそ》い坂道《さかみち》をしばらく登《のぼ》ったところにある洞窟《どうくつ》は、子どもだけではぜったいに入らないように固《かた》くいいつけられている場所でした。そのあたり一面《いちめん》の原っぱは、今頃《いまごろ》の季節《きせつ》はシロツメクサのぽこぽこした白い色で美しく彩《いろど》られ、学校の遠足にもぴったりの気持《きも》ちのいいところでしたが、壁《かべ》のように立ちはだかる丘《おか》の斜《しゃ》面《めん》には、ぶきみにしんと静《しず》まりかえった洞窟《どうくつ》の入り口が、ぼんやり黒くうがたれ

ていたのです。遠足のとき、先生たちは口をすっぱくして、けっして入らないように諭《さと》すのですが、やんちゃ坊主《ぼうず》が一人二人《ひとりふたり》、こっそり入って泣《な》きだし、懐中電灯《かいちゅうでんとう》をもった先生に助《たす》けだされる出来事《できごと》があとをたたず、今年《ことし》になって遠足の場所からはずされたばかりでした。(もちろんやんちゃ坊主《ぼうず》の中に、二人《ふたり》は入っていません。いざとなると、こわがりでしたからね)

ピピンが鼻《はな》の頭の汗《あせ》をしきりとぬぐい、トムトムが、まつ毛をしばしばさせました。臆病《おくびょう》というのは、少年にとって不名誉《ふめいよ》そのものです。でもこればっかりはごかんべん、というのが二人《ふたり》の本心でした。すると、マルジャーナがいいました。

「中にはいるんじゃないの。入り口まで行ってほしいの。三時に。もちろん、夜中の三時じゃなく、お昼の三時によ」

二人《ふたり》はほーっと大きな息《いき》をつき、それと同時に、シロツメクサに包《つつ》まれた、明るくきれいな緑と白の原っぱが目に浮《う》かびました。

「なあんだ、もちろんいいよ!」

「なあんだ、中じゃないのか。ちょいと残念《ざんねん》だけど、何すればいいの？」

ピピンが「うそつけ」というように、ぎゅっとトムトムをにらんだあと、二人《ふたり》はマルジャーナの次《つぎ》の言葉《ことば》を待《ま》ちました。

「だいじなだいじな、だーいじな約束《やくそく》があるの。それは、とってもとっても、とーってもすてきな約束《やくそく》なの……」

マルジャーナは、遠い日を思うように窓《まど》の外をぽうっとみやりながら、「聞いてちょうだい……」とつぶやきました。

「十年前のことよ。あたしたちは十歳《さい》だったの。あたしと友だちのペルペルよ。（二人《ふたり》はここで、ぼくたちとおんなじ年だ、と思いました）ペルペルっていうのは、いちばんなかよしだった男の子で、ペルペルも、あたしのこと、マルジャーナって呼《よ》んでくれていたのよ。あたしたちは、ここからずっと遠《とお》い町に住《す》んでたんだけど、お天気のよかったその日の午後、歩いて歩いて、どこまでも歩いて、シロツメクサがいっぱい咲《さ》く原っぱに出たの。そこに立って町を見おろしたときの気持ちよさったらな

かったわ。あたしは疲《つか》れも忘《わす》れて、草原の舞姫《まいひめ》マルジャーナになって、くるくると風の中で踊《おど》ったの。それからペルペルがいったの。〈大人になったときも、ここにこられたらいいね〉って。だからあたしはいったの。〈そのときはあたし、もっとじょうずに踊《おど》れると思うわ〉って。そしてね、十年後にそこで会う約束《やくそく》をしたの。でも、十年もしたら、どこの原っぱだったかわからなくなるかもしれないでしょう？　そこで、何か目印《めじるし》はないかなあってきょろきょろして、奥《おく》に洞窟《どうくつ》があるのを見つけたの。そして、洞窟《どうくつ》の入

り口で待《ま》ちあわせることにしたの。でもそれからまもなくペルペルは、どこかにひっこしていっちゃったの……。ひっこしてくときに、ペルペルはブローチを一つくれたわ。だけど、それきり一度《いちど》も会ったことがないの。手紙もなしよ。でもあたし、その約束《やくそく》だけはずうっと覚《おぼ》えてて、ずうっと楽しみにしていたの。それが今度の五月十三日の午後三時……」

「……ひゃあ……」

「……ひゃあ……」

二人《ふたり》はまたぽかんと口をあけました。何だか胸《むね》がいっぱいだったのです。十年後の約束《やくそく》……ということは、今の二人《ふたり》が二十歳《はたち》になって、二十歳《はたち》になった友だちに会うというのと同じことでした。二人《ふたり》は隣《となり》にいる友だちの顔を、そっと横目《よこめ》で見ました。十年後のトムトム……。十年後のピピン……。とても想像《そうぞう》がつきません。するとマルジヤーナが、ちょうどそのことをいいました。

「おたがいの十年後の姿《すがた》なんて、想像《そうぞう》がつかないわよね。それにペルペルったら、こんなことをいったの。〈ぼく、ヒゲもじゃのクマみたいな若者《わかもの》になってるかもしれないよ。または、魔法《まほう》をかけられて、ほんもののクマになってるかも……〉って。あたしたち、ふしぎな昔話《むかしばなし》が大好《だいす》きだったから、そういうこともほんとうにあるかもしれないって思ったの。だけど、きっとすてきな若者《わかもの》になってると思うわ」

「うん、そう思うよ！」

ピピンがいい、

「少なくともクマにはなってないさ！」

とトムトムもいいました。そして、洞窟《どうくつ》行きの頼《たの》みについて、テキパキとまとめました。

「つまりマルジャーナは、こんなにだいじな約束《やくそく》だってのに、歩けないから、かわりにぼくたちが行って、このことをペルペルに説明《せつめい》してほしいって、そういうことだね？」

マルジャーナはほっぺたを光らせてこたえました。

「うん、そういうことよ。ペルペルに会ったら、あたしのことを話して、ここにつれてきてくれる？　ああ、楽しみだわ！　二十歳《はたち》になったペルペルに会えるなんて、なんてすてきかしら！」

でもそこでマルジャーナの顔が、雲のかかった満月《まんげつ》のようにかげりました。

「……でもちょっぴり心配《しんぱい》なの。ペルペルはちゃんと約束《やくそく》を覚《おぼ》えててくれるかしらって……。忘《わす》れちゃってるかもしれないでしょう？　そそっかしくて、日にちをまちがえて覚《おぼ》えてるかもしれないし……。そんなはずないって信《しん》じたいけど……」

二人《ふたり》はがぜん、マルジャーナを元気づけたくなりました。

「くるさ！　ぜったいにくるさ！　ぼくだったら、大好《だいす》きななかよしの子としたそんなだいじな約束《やくそく》、十年たったって、ちゃんと覚《おぼ》えてる！　日にちをまちがえるようなおっちょこちょいなんて、ごんごどうだん！」

「ぼくだって、ぜったい…たぶん…きっと…おそらく…忘《わす》れ……ない……と…思いたい！」

ちょっと自信《じしん》のぐらついたトムトムも、最後《さいご》にはくちびるをかみしめ、きっぱりうなずき、つられてマルジャーナもうなずきました。

ピピンがぽんと手をうって、するどい質問《しつもん》をしました。

「そうだ、いちおう、ペルペルのとくちょうを教えてくれる？　だって、もしそこに、たまたま悪《わる》い男がいてさ、ぼくらが〈ペルペルですか？〉って聞いたとき、ふざけて〈そうだよ、ペルペルだけど、何か？〉なんていうかもしれないでしょ？」

するとマルジャーナが、キャラメルクリームみたいな、とろりとした声でいいました。

「うーむ……ペルペルのとくちょう……。巻《ま》き毛《げ》で……あとはとってもカッコよかったってことしか思いつかないわ……。そう、ちょうどあなたがたみたいだったわね」

二人《ふたり》はドキンとし、誇《ほこ》らしく思ったけれど、その答えは、あまり参考《さんこう》になりませんでした。

「……そのう、あなたがたといっても……。つまり、ピピンふう？　それともぼくふう？」

トムトムがドキドキしながらたずねると、マルジャーナは二人《ふたり》をかわりばんこにじっと見ていいました。

「どっちもふうだったわ。そうだわ！　とっても素直《すなお》な目をしていたの。それがとくちょうだわ……」

二人《ふたり》は、なるほど……と思いながら、おたがいの目をのぞきこみました。素直《すなお》そうな気がしました。

「うん。何となくわかった……」

「うん、何となくね……」

これはつまり、何となくわからないということと同じでした。でも、きっと何とかなるでしょう。

こうして二人《ふたり》は、シロツメクサの原っぱの奥《おく》にある洞窟《どうくつ》の入り口まで、ちょっとしたハイキングをすることになったのです。

4　ペルペル？

五月十三日の放課後《ほうかご》、二人《ふたり》は、とっておきの近道《ちかみち》をして――つまり学校の塀《へい》をのりこえて道路《どうろ》をつっきり、高い路肩《ろかた》をよじ登《のぼ》り、木立《こだち》の中をぬけ、ドレミファ荘《そう》めざして走りに走りました。遠出《とおで》をする前に、ピピンの家にランドセルを置《お》いて身軽《みがる》になりたかったのです。

ところがドレミファ荘《そう》の前でランドセルをおろしかけていると、よそから帰ってきたドラさんに出会い、三人は同じくらいあわてた顔を見合わせました。きょうがドラさんに国語を習《なら》う日だったことを――ドラさんは教《おし》える日だったことを――今、同時にとつぜん思い出したのです。

「ああ、ドラさん……きょうはちょっと……」

「お願《ねが》い、どうかかんべん！」

二人《ふたり》がぺこぺこ腰《こし》を曲《ま》げると、ドラさんはこっそり、ほーっと息《いき》をつきました。探《たん》偵小説《ていしょうせつ》の展開《てんかい》をずっと考えていたドラさんは、今やっといいことを思いつき、すぐにでも書きだしたくてうずうずしていたからです。ドラさんは、話のわかるおばさんという顔つきをよそおって、パチッとウインクしながらうなずくと、

「しかたないわね、じゃ、そうしましょう！　でも、ないしょね！」

と、横目《よこめ》でピピンの窓《まど》を見ました。先生と生徒《せいと》がけったくして勉強《べんきょう》をさぼろうというのですから、お母さんにだけは聞かれたくありません。

「ドラさんてやっぱりやさしいなあ！　そうだドラさん、ちょうどよかった、ランドセルあずかってて！　ドラさんちに行ったことになってるわけだしさ！」

トムトムがちゃっかりいい、ドラさんにどさりとランドセルを手わたし、ピピンもそれにならいました。ちょっぴりやましいところのあるドラさんとしては、ひきうけ

ないわけにはいきません。

「あらまあ。ずいぶん急《いそ》いでるのね。どこに行くんだか知らないけど、気をつけるのよ！」

その声を二人《ふたり》は背中《せなか》で聞きながら、元気に走りだしました。

三時までにつくように、町をぬけだし、いなかびた坂道《さかみち》を登《のぼ》って丘《おか》の上まで行くのですから、五時間目まである学校の生徒《せいと》にとっては、ほんとうに大いそがしだったのです。

でも五月半ばの晴《は》れた日の午後、そよ風に吹《ふ》かれながら、だいじな使命《しめい》を帯《お》びて速《はや》足《あし》で町を抜《ぬ》けていくのは、二人《ふたり》にとって、最高《さいこう》に充実《じゅうじつ》したひとときでした。

少しずつ家がまばらになり、畑《はたけ》や原っぱが増《ふ》え、それからようやく、丘《おか》を登《のぼ》る細い道のはじまりにたどりつきました。二人《ふたり》はハアハアいいながら石ころを踏《ふ》みしめ、ピピンは、朝のうちに忘《わす》れずにはめてきた、おかあさんのお古《ふる》の腕時計《うでどけい》で時間をたしかめました。三時まではまだありました。

さて、十五分は登《のぼ》ったでしょうか。二人《ふたり》はとうとう、シロツメクサが咲《さ》きみだれる広々とした原っぱにつきました。

「ふうっ！　間に合った〜！　わあ、きもちいいー！」

「サイコーだあ！」

二人《ふたり》は汗《あせ》をふきながらいっぱい息《いき》を吸《す》い、胸をそらせて、広い空にふーっと吐《は》きだしました。ふりむくと目の下には町が広がっているのも見えました。十歳《さい》だったマルジャーナとペルペルが、あんな約束《やくそく》をしたくなった気持《きも》ちがよくわかりました。

「あ、ペルペルをさがさないと」

「だれかきてるかなあ……」

二人《ふたり》はきょろきょろあたりを見ながら、丘《おか》の斜面《しゃめん》にぽっかりあいた洞窟《どうくつ》のほうへと進《すす》んでいきました。白い花をふみつけながら歩いていくのは心が痛《いた》んだけれど、こうびっしり生えていたのでは仕方《しかた》ありません。草の背《せ》は案外《あんがい》高く、半ズボンの下のすねをくすぐりました。

「あそこが入り口だけど、だれもいないみたいだなあ……」

シロツメクサをシュルシャラいわせながら、前を行くトムトムがいいました。

「まだきてないんじゃないかなあ。三時まであと三分あるもの」

つい小声になりながらピピンも首をのばしました。

「忘《わす》れたのかなあ……」

そのとき、すぐそばで、シュルシャラシュルシャラ……という音が大きく聞こえたと思うと、シロツメクサのかたまりのような白いもこもこしたものが、草の間から、とつぜんむっくり起《お》きあがったのです！

「うわっ！」

いきなり立ちどまったトムトムの背中《せなか》にピピンがぶつかり、

「なんだよお、きゅうに……」

といいながら、ピピンも白いものに気づいて、「うわっ…」と声をもらしました。

現《あらわ》れた白いもの、何とそれは毛のくるくるしたヒツジでした。まだ大人になりきってないらしく、ヒツジは、口にくわえたシロツメクサをモグッとやったあと、「メヘヘヘ〜」とかわいい声で鳴き、二人《ふたり》を見上げました。その瞳《ひとみ》は、とてもとても、素《す》直《なお》そうに見えました。

トムトムがピピンの腕《うで》をぎゅっとつかみながらいいました。

「……ねえピピン……どう思う？」

「え？　どうって？」

「だからさ、ペルペルだよ……」

「だからペルペルは、まだきてないんだよ」

「そうじゃなくて、このヒツジだよ……」

「このヒツジとペルペルに何の関係《かんけい》があるのさ？」

「だからさあ！」

だからといわれても……と思いながら、ピピンはしゃがんでかわいいヒツジをなでてみました。トムトムもしゃがんでいっしょにふわふわの巻《ま》き毛《げ》をなでながらいいました。

「ね、ほら、巻《ま》き毛《げ》だしさ……素直《すなお》な目……してるだろう？」

ピピンはそこでようやく、はたと思い出したのです。マルジャーナが、ペルペルのとくちょうについていった「とっても素直《すなお》な目をしていたの」という言葉《ことば》を――。

「……エエッ？　だけど、まさかだろう？　第一《だいいち》、クマのことはいってたけど、ヒツジのことなんて、いってなかったじゃないか……」

「そりゃあぼくだって、まさかと思ってるよ……クマよりはいいけど……」

トムトムはそこでためしにたずねてみました。

「おまえはペルペルなのかい？　魔法《まほう》をかけられてヒツジになったのかい？」

「メヘヘヘヘ〜！」

二人《ふたり》は思わず顔を見合わせました。

「マルジャーナの友だちのペルペルなの？」

ピピンもヒツジの目をのぞきこみ、懸命《けんめい》にたずねました。すると、ヒツジはふたたび、

「メヘヘヘ……」

と鳴いて、うなずいた――ように見えたではありませんか。

それでも二人《ふたり》は、まだ信《しん》じることはできませんでした。けれどあたりを見回すと、今この世界にあるのは、白い花咲《さ》く原っぱと、別《べつ》の国に通じているような黒々とした洞穴《ほらあな》だけ……。こんな場所にいると、不思議《ふしぎ》な魔法《まほう》もほんとうにあるような気がしてきます。

そのとき、ヒツジがもぞもぞ動いたと思うと、原っぱをトコトコと歩きはじめました。

「……どこ行くんだろう？」

「ちょっとついてこうよ！」

二人《ふたり》は、ヒツジのあとからゆっくりついていきました。丘《おか》の上のでこぼこした草の道を、小さなヒツジは道草も食わずにトコトコとかわいい足取りで進《すす》みつづけました。

やがて二人《ふたり》は、「ひょっとすると……」と思うと同時に、不安《ふあん》になりました。今行く道がどこに通じているか、途中《とちゅう》でだんだんわかってきたのです。それは、畑仕事《はたけ》をしながら山に一人《ひとり》で暮《く》らしている、変《か》わり者《もの》のおばさんの小屋へ行く道にちがいありませんでした。変《か》わり者《もの》のおばさんを遠くからからかった子が、おばさんにぎゅっとにらまれて、その晩《ばん》、歯《は》が痛《いた》くなったと聞いたことがありましたし、ほうきをまたいでいるのを見たという子もいました。子どもたちは、〈魔女《まじょ》おばさん〉と呼《よ》んで、そのおばさんを怖《こわ》がっていたのです。もっともピピンとトムトムは、そんな話は信《しん》じていませんでした。だって、歯《は》ぐらい痛《いた》くなるし、魔女《まじょ》じゃなくてもほうきをまたぐことくらい、あるでしょうから。ドラさんだって、よくほうきをまたぐようにして掃除《そうじ》していますもの。とはいえ、ブリキの煙突《えんとつ》が一本たった、古びた小屋に住《す》んでいるおばさんのことは、もちろん苦手《にがて》でした。

思ったとおり、やがて、山道の向こうに、その小屋が姿《すがた》をあらわし、近づいていくにつれ、柵《さく》で囲《かこ》まれた庭《にわ》や、ニワトリの姿《すがた》も見えてきました。

二人《ふたり》はもうそこで歩きやめて、草かげからヒツジの姿《すがた》を見守《みまも》っていました。

「あのおばさんが飼《か》ってたんだ……」

「ちゃんと帰ってくなんてぎょうぎがいいなあ」

「よくなついてるんだねえ……」

でも、日がだいぶかたむいた夕方近くの時間に、丘《おか》の途中《とちゅう》にぽつんと建《た》つ、かしいだような家にむかって歩いていくヒツジの姿《すがた》は、まるで魔法《まほう》の力でおびきよせられているようにも見えたのです。そもそも、あんな所《ところ》にひとりぼっちで住《す》んでる人なんて、みんなのいうとおり、やっぱりいくらかは魔女《まじょ》っぽいのかもしれない……二人《ふたり》はぼうっと思いました。

と、そのとき、家のかげから、スカーフをかぶり、だぶだぶのスカートにエプロンをしめた太《ふと》ったおばさんがあらわれるなり、指を一本、ふりたてながらいうのがはっきり聞こえました。

「やっと帰ってきたね！　ふらふら出歩いちゃだめだよと、何度《なんど》いったらわかるんだい？　いいかい、またかってにどこかに行ったら、こんどはおしおきだよ、ペルペル！」

ピピンとトムトムのからだが、じんっとこおりつきました。

5 救出計画《きゅうしゅつけいかく》

おばさんがペルペルといっしょに家の中に入っていったあと、ピピンとトムトムは、ころげるようにきた道をひき返《かえ》しました。

「ほんとに魔女《まじょ》だったんだ！」

「マルジャーナに教えないと！」

赤く照《て》らされた夕暮《ゆうぐ》れの山道を、カッカとした頭で足をもつれさせながら走り、くだり坂《ざか》では、しりもちをついたついでに、ズボンのおしりのまましばらくズルズルとくだり、土くれをはらいもせず、こわい人にでも追《お》いかけられている子どものように、二人《ふたり》は顔をひきつらせ、息《いき》を切らせて町の道をかけてかけてかけました。

そして真《ま》っ先《さき》にピピンのお母さんから合鍵《あいかぎ》を借《か》りて、とびこむように、マルジャーナの部屋《へや》に入ったのです。

「あら、二人《ふたり》だけ……？」

汗《あせ》とほこりで黒ずんだ二人《ふたり》を、椅子《いす》の中のマルジャーナがむかえました。きょう、マルジャーナは、キラキラしたベールをかぶっておめかしをしていましたが、その小さなくるんとした目が、残念《ざんねん》そうにくもりました。テーブルには、十年ぶりで会う友だちをむかえるためだったのでしょう、ピピンたちがいつも使うカップとちがう、上等《じょうとう》そうなティーカップが用意《ようい》してありました。

「マルジャーナ、心を強くもって話を聞いてよ」

ピピンはやっとのことで息《いき》をととのえると、まず自分の心を強くしてから、そう前おきして、きょうのてんまつを話しました。ところどころでトムトムが、情景描写《じょうけいびょうしゃ》をつけくわえました。そのために、ヒツジのようすや魔女《まじょ》おばさんのようすなどが、ほんものよりももっとくっきりあざやかに、マルジャーナの目に広がりました。

目をぱちくりぱちくりさせ、ときどき口をあわあわとさせながら、最後《さいご》まで話を聞いたあと、マルジャーナは、思いつめたようにいいました。

「……魔法《まほう》をかけられるなんて、ペルペルったら、よっぽど魔女《まじょ》おばさんを怒《おこ》らせたんだわ……」

ピピンとトムトムは、初《はじ》めてそれについて考えてみました。

「……そうかな……よっぽど怒《おこ》らせたなら、クマとか、じゃなきゃネズミやトカゲとかにされるんじゃないかなあ……」

トムトムにつづいて、ピピンが、

「かわいいヒツジにされたんだもの、きっとちょっとだよ、怒《おこ》らせたとしてもさ」

とマルジャーナをなぐさめました。

「あたし、ペルペルに会ってみたいわ。たとえ話せなくても、目をじっと見ながら鳴き声を聞けば、きっと何かわかると思うの」

そしてマルジャーナは、「ねえ、ペルペルをここにつれてきてくれない?」と、二人《ふたり》にたのんだのです。

「……つれてくるって、つまり……」

「さらってくるってこと?」

トムトムがそういったとたん、マルジャーナは、いつものクリーム声になっていいました。

「まあ、そのいい方すてきだわ。魔法《まほう》にかけられたヒツジを、魔女《まじょ》のもとからさらってくるなんて……」

「すてきかなあ……」

ピピンが目をぽつんとさせ、

「ていうか、それ、ヒツジどろぼうだと思うけど……」

と、トムトムがぽかんと口をあけました。

「どろぼうなもんですか！　囚《とら》われの若者《わかもの》を救《すく》いだすってことですもの」

そういわれてみると、たしかにそのとおりです。

「そうか、ぼくたち、囚《とら》われの若者《わかもの》を救《すく》いにいく、英雄《えいゆう》みたいなものになるんだね？」

ピピンの言葉《ことば》にトムトムの迷《まよ》いも一気《いっき》にふきとびました。

「それ、たしかにぼくたちの任務《にんむ》にぴったりだ！」

「そのとおりよ！　ここにペルペルがきたら、あたしの愛《あい》の力で、ヒツジのペルペルは二十歳《はたち》の若者《わかもの》になるのよ！」

マルジャーナは天をあおぐように、いきなり両手《りょうて》を大きくなびかせました。けがさえしていなければ、すぐにでも、ふわ～り（**どしんっ**）と、踊《おど》りだしたにちがいありません。

「じゃあ、お願《ねが》いね。できるだけ早く、じょうずに救《すく》いだしてきてちょうだい！　あなたがたならできるって信《しん》じてるわ」

うっとりするような声でそういわれ、二人《ふたり》は胸《むね》を熱《あつ》くしてマルジャーナの部屋《へや》を出ました。

でも出たとたん、胸《むね》の熱《ねつ》はさめてしまいました。

「……どうしよう？」

「……うん。どうしよう？」

二階《かい》の踊《おど》り場《ば》で、二人《ふたり》はたちまち途方《とほう》にくれたのです。きょうのように、ペルペルがひとりでぽつんと遠《とお》くにいてくれればいいけれど、家の中にいた場合、どうやってつれだせばいいのでしょう。しかも、まわりの人にあやしまれることなく、ここまでつれてくることなどできるでしょうか。

「そうだ、ドラさんだよ！」

ピピンのほっぺたに、ぱっと赤味《あかみ》がさしました。「こういうことは、探偵小説家《たんていしょうせつか》に聞いてみるのがいちばんだろ？」

「それだ！」

こうして二人《ふたり》は、一つ上の階《かい》まで一気《いっき》にかけあがりました。


ドラさんは、書こうと思った小説《しょうせつ》の一場面《ばめん》をやっとのことで書き終えて、ソファーにゆったり腰《こし》かけようとしたところでした。そのとたん呼《よ》び鈴《りん》が鳴ったのです。

「あ、お帰り。ランドセルはそこよ」

でも、ドアのそばに二つならんだランドセルを無視《むし》して、ピピンとトムトムはずけずけと中まで入ると、さっさとソファーにすわりました。『国語』のとき、いつもそうするように。

「えっ……これからやるの？」

ドラさんがうろたえました。

「まさか、やらないよ！」とピピン。

「じゃあ何なの」

「探偵小説家《たんていしょうせつか》の知恵《ちえ》を借《か》りにきたんだよ」

トムトムがいうと、眼鏡《めがね》の奥《おく》のドラさんの目が明るくキラリと光りました。

もちろん二人《ふたり》は、ほんとうのことをありのままに話すつもりはありませんでした。自分たちとマルジャーナだけの、愛《あい》と信頼《しんらい》と魔法《まほう》と冒険《ぼうけん》にみちた複雑《ふくざつ》な秘密《ひみつ》を、どうして外部《がいぶ》にもらせるでしょう！

ピピンよりもいくらか弁《べん》のたつトムトムが口を開きました。

「ドラさん、あのね、もしもドラさんの小説《しょうせつ》の中で、主人公《しゅじんこう》の少年が、ほかの人が飼《か》ってる動物《どうぶつ》を……そうだなあ、まあかりに、ヒツジってことにするよ、それをね、うまく飼《か》い主《ぬし》のところからつれだして、まわりの人にあやしまれずに、ずうっと遠《とお》くまでつれてく場面《ばめん》を書かなきゃいけなくなったとしたら、どういうふうにやらせる？」

トムトムは、何とかうまくいえたと思い、ごくんとつばをのみました。ドラさんは、目をきょろっと動《うご》かしてから、するどくいいました。

「要《よう》するに、ヒツジを盗《ぬす》むわけね？」

二人《ふたり》はあわてて、ケホケホとのどをならし、両手《りょうて》をふりまわしました。

「ちがうちがう！　救《すく》いだすんだよ！　だって悪《わる》い人なんだもの、ヒツジの飼《か》い主《ぬし》は！」

「そうそう。悪《わる》い人だから、ヒツジを助《たす》けだしてあげるんだよ。だから盗《ぬす》むんじゃないんだよ！」

「ふうん……」

二人《ふたり》は大きく息《いき》をし、上目《うわめ》づかいにそっとドラさんを見つめました。ドラさんは、腕組《うでぐ》みをし、斜《なな》め上の天井《てんじょう》をにらんでいましたが、まもなく、

「ヒツジってことなら、羊飼《ひつじか》いだわね！」

ときっぱりいいました。

「ひつじかい……」と二人《ふたり》。

「そ。羊飼《ひつじか》いになりすまして、ヒツジといっしょに歩いてけばいいのよ。とても自然《しぜん》

であやしまれないと思うけど」

二人《ふたり》の顔は、一度に花が咲《さ》いたように、ぱあっとほほえみに包《つつ》まれました。が、ピピンの眉間《みけん》にきゅっとしわがよりました。一つ疑問《ぎもん》がわいたのです。

「ふつうの人と羊飼《ひつじか》いのちがいって、何？」

それもそうでした。

「……ちがい？　そりゃあ……棒《ぼう》を持《も》ってることよ」

「棒《ぼう》を持《も》てば、羊飼《ひつじか》いになれるの？」

「八割《わり》がた、なれるでしょうね」

「あとの二割《わり》は？」トムトムが聞きました。

「そうねえ、帽子《ぼうし》とマント……。待《ま》って。まだ何かあったはず。これだってものが……」

くちびるをかみながら、ドラさんは本棚《ほんだな》まで立っていき、大きな本をぬきだして、パラパラとページをくりました。

「そうそう！　これこれ、角笛《つのぶえ》よ」

持《も》ってきた本には、草むらにすわって、角笛《つのぶえ》を吹《ふ》いている美《うつく》しい少年の絵が載《の》っていました。帽子《ぼうし》をかぶり、ほつれたようなマントを羽織《はお》り、かたわらには、杖《つえ》がおいてあります。はなれたところに雲のようなヒツジの群《む》れ、そのむこうには、うっすらと緑《みどり》の丘《おか》が描《えが》かれていました。

「こんな感じでつれていけば、だれもあやしまないでしょう。牧歌的《ぼっかてき》なながめそのものですもの」

「牧歌的《ぼっかてき》って？」二人《ふたり》が聞きました。

「羊飼《ひつじか》いが奏《かな》でるメロディーみたいに、のどかできれいで、いなかふうってこと」

「ふうん」

二人《ふたり》は絵の中の少年の姿《すがた》になった自分たちを、そっと思いうかべてみました。いい感じでした。

「……でも飼《か》い主《ぬし》のところから、どうやってつれだしたらいいのさ？」

ピピンがつい自分のことのように（自分のことですが）身《み》を入れて、ドラさんにたずねました。

「簡単《かんたん》よ。角笛《つのぶえ》を吹《ふ》きながら歩いてって、家のそばで、〈羊飼《ひつじか》い羊飼《ひつじか》い！　羊飼《ひつじか》いにご用《よう》のかたはおらんかね！〉ってよばわるの。するとその悪《わる》い飼《か》い主《ぬし》は、窓《まど》から顔を出し、じろりと羊飼《ひつじか》いを見てこういうわけ。〈じゃあひとつ、たのむとしようかね。でも、お代《だい》はあとだよ〉って。もちろんあとでだって払《はら》うつもりはないのよ。でもそこで、〈はい、ようがすとも〉って、つれてっちゃえばいいのよ」

すらすらそう語ったドラさんは、満足《まんぞく》そうでした。

「……だけど、〈まにあってるよ、おといおいで！〉って、おっぱらわれたら？」

トムトムが聞くと、

「だいじょうぶ。おっぱらわれないから」

と、ドラさんはすまし顔でいいました。

「ほんとに？」

二人《ふたり》が声をそろえました。するとドラさんは口をぷっととがらせていいました。

「だって作者は都合《つごう》のいいように話を運《はこ》ばなくちゃ」

そのとたん二人《ふたり》は、そうだった、小説《しょうせつ》の話をしていたのだった、ということを思い出したのです。小説《しょうせつ》の中でなら、そりゃあ何だってすいすいうまくいくでしょう。ところがドラさんはそこで、ひとりごとをつぶやいたのでした。

「……でも、現実《げんじつ》って、あんがい、小説《しょうせつ》そっくりに進《すす》んでいくものなのよね……」

その言葉《ことば》が、二人《ふたり》の心に小さな希望《きぼう》の灯《ひ》をぽっとともしました。

6　二人《ふたり》の羊飼《ひつじか》い

衝撃的《しょうげきてき》だった五月十三日から五日たった土曜日でした。そして今では、ピピンの頭もトムトムの頭も、そんなことがあるはずないじゃんか！　という、もともとの頭にもどっていました。あの日はあんなにすんなりと信《しん》じられた魔法《まほう》が、二日三日と学校に通ううち、だんだんあやしく思えてきたのです。ぐうぜんヒツジがいて、ぐうぜん同じ名前で、ぐうぜん、魔女《まじょ》おばさんに飼《か》われていたというだけのことじゃないか！　と。そうなると、羊飼《ひつじか》い作戦《さくせん》も、ぽっとともった希望《きぼう》のともしびも、みんなとろとろと溶《と》けてしまい、「できるだけ早くペルペルをつれてきて」というマルジャーナの願《ねが》いをかなえてあげたいという思いも、いっしょにうすれてしまったのです。

「ペルペルのこと、どうしよう……？」

午前中で学校が終《お》わった、お昼《ひる》の帰り道、ピピンがつぶやくと、トムトムも「う～ん」と気のないうなり声をだしました。

「つれてきたってむだだよってマルジャーナにいう？」

「そうだねえ……」

こうして二人《ふたり》は、マルジャーナをたずねました。ところがマルジャーナは、まん丸顔をきらきらさせていいました。

「ああ、やっと行ってくれるのね？　ヒツジになったペルペルに会うの、とっても楽しみよ、うれしいわ！」

すると二人《ふたり》は、用意《ようい》していた言葉《ことば》ではなく、

「……ああ、うん。あのね、明日の日曜日に行くつもりなんだ。ね？」

「うん、そうそう」

と答えていたのでした。

日曜のお昼《ひる》すぎ、ピピンとトムトムは、きのう、四階《かい》のジジルさんに貸《か》してもらった年季《ねんき》の入ったチロル帽《ぼう》をかぶり、納戸《なんど》の奥《おく》にしまってあった古びたリュックをしょい、長靴《ながぐつ》をはき杖《つえ》をついてでかけました。杖《つえ》は、よく見ると下のところにモップをはさむ金具《かなぐ》がついていました。長い棒《ぼう》といったら、それくらいしか思いつかなかったのです。リュックには、古びたひざかけ毛布《もうふ》と、ひもをつけたリコーダーが入っていました。羊飼《ひつじか》い用のマントと角笛《つのぶえ》のかわりです。近くまで行ったら、毛布《もうふ》をはおり、首からリコーダーをさげるのです。

「マルジャーナにああいわれたら、つれてきてあげないわけにはいかないよね」

「うん。いかないよ。自分で歩いて会いに行けないいんだから、仕方《しかた》ないさ」

「また返《かえ》しにいけばいいだけだよね」

「うん、そりゃあ万が一、若者《わかもの》にもどったら、返《かえ》しに行かなくてすむけどさ」

二人《ふたり》はきょう、ちがう山道を登《のぼ》っていきました。この前のときは気が動転《どうてん》していたあまり、きた道をそのまま走ってきたけれど、魔女《まじょ》おばさんの家に行くのなら、別《べつ》の山道を通ったほうが近かったからです。これにはホッとしました。羊飼《ひつじか》いになりすませばあやしまれないとドラさんはいったけれど、おかしげなかっこうでヒツジを追《お》いたてながら歩く距離《きょり》は、短《みじか》いにこしたことはありませんでしたからね。

ぎりぎりまで、山歩きが趣味《しゅみ》の少年のように山道を歩いてきた二人《ふたり》は、緑《みどり》の畑《はたけ》と庭《にわ》に囲《かこ》まれて建《た》つ、魔女《まじょ》おばさんのかしいだ家が見えてきたところで羊飼《ひつじか》いに早変《はやが》わりしました。

「じゃ、ピピン、きみから始《はじ》めな。杖《つえ》、持《も》ってってあげる」

トムトムはそういって、ピピンからモップの柄《え》を受《う》けとりました。ピピンは息《いき》を吸《す》い、首からさげたリコーダーを吹《ふ》きはじめました。牧歌的《ぼっかてき》な曲《きょく》を選《えら》ぼうとしたけれど、二人《ふたり》がそらで吹《ふ》ける曲《きょく》は『かえるの合唱《がっしょう》』しかなかったので、せめてウシガエルの合《がっ》唱《しょう》のように、ゆっくり牧歌的《ぼっかてき》に吹《ふ》いたあと、つぎにトムトムが、ガマガエルのように、さらにゆっくり牧歌的《ぼっかてき》に吹《ふ》きました。二人《ふたり》は、魔女《まじょ》おばさんの家の庭《にわ》の柵《さく》のところまで、少しずつ歩いていきました。

「さあ、いっしょによばわろうぜ！」

二人《ふたり》は思いきって、古めかしい一節《いっせつ》を、少しばらばらになりながらよばわりました。

「羊飼《ひつじか》い羊飼《ひつじか》い！　羊飼《ひつじか》いにご用《よう》のかたはおらんかね！」

そのとたん、パタンと窓《まど》がひらき、魔女《まじょ》おばさんが顔を出していいました。

「これそこの羊飼《ひつじか》いのにいさんたちや！　ひとつ、たのむよ！」

そしてほどなく、魔女《まじょ》おばさんは、太《ふと》ったからだをゆらしながら、ペルペルといっしょに裏口《うらぐち》から出てきました。

「このペルペルをシロツメクサの原っぱまでつれてって、たっぷり食べさせてきておくれ。ちゃあんとみはっておくれよ」

そしておばさんは、腰《こし》からぶらさげた小袋《こぶくろ》をチャリチャリさせるや、大きな金貨《きんか》をとりだして、「とっときな」と、二人《ふたり》に一枚《まい》ずつくれたのです。

ピピンとトムトムはぽかんと口をあけ、もらった金貨《きんか》とおばさんをかわりばんこに見るばかりでしたが、やがて、あわてて、
「よ、ようがすとも！」
と、練習《れんしゅう》していた台詞《せりふ》を、二人同時《ふたりどうじ》にさけびました。（そりゃあ、「ようがすとも」に決《き》まってまし

た。早々とお金を――しかも金貨《きんか》をもらったのですからね！）

魔女《まじょ》おばさんの家からはなれたところで、二人《ふたり》は閉《と》じていた口をやっと開《ひら》きました。

「ひゃあっ、うまくいっちゃったなあ！」

そういって、ピピンはペルペルの柔《やわ》らかい首のうしろをぐるぐるとなで回しました。

トムトムはかわいい耳をつまみながらいいました。

「現実《げんじつ》って、つごうのいい小説《しょうせつ》なんかより、もっとつごうよくできてるもんなんだなあ！　金貨《きんか》までもらっちゃうとはね！」

「なんか悪《わる》いみたい……」

二人《ふたり》は金貨《きんか》をとりだして、じろじろと見つめました。それは、みんなが使《つか》っているお金ではなく、おまけに太いふちまでついていましたが、うそのようにピカピカ光った、とてもりっぱな金貨《きんか》でした。

「こんなものをくれるなんて、信《しん》じられない……。でもこれって使《つか》えるのかなあ」

「ぼくはとっとくから、使《つか》えなくてもいいや……」

「うん、ぼくも使《つか》わない……」

トムトムは顔をあげ、ぼうっとあたりを見まわしました。なまあたたかい風がやせたほっぺたをゆらっと吹《ふ》きすぎていきました。何ともいえないふしぎな気分がトムトムを包《つつ》みこみました。

「……あのさピピン、もしかしてさ……これ……」

「なに？」

「これさあ……。ひょっとするとさあ……」

「だからなに？」

「これ……ほんとは、葉《は》っぱみたいなもののなんじゃないかなあ？」

「えっ……。どういうこと？」

といったとたん、はっとしました。「葉《は》っぱに魔法《まほう》をかけた……って、こと？」

トムトムがゆっくりうなずきました。

そのときペルペルが、「そうなんだよそうなんだよ！」といわんばかりに、

「メヘヘヘヘ〜　メヘヘヘヘヘ〜」

と鳴いたのです。二人《ふたり》は顔を見合わせました。

出発したころは、魔法《まほう》のことなんか、すっかりバカにしていたのに、こうやって静《しず》かな山道を二人《ふたり》と一匹《ぴき》とで歩いていると、またどんだん、信《しん》じられるような気持《きも》ちがもどってきたのでした。

「とにかく早く、マルジャーナのところまでつれてこう！」

「うん、そうだった！」

こうして二人《ふたり》は羊飼《ひつじか》いになりきり、シロツメクサの原っぱはめざさずに山道をくだり、ときどき道ばたの草を食べはじめるペルペルを一生懸命《いっしょうけんめい》に追《お》いたて、やがて町に入ってからは帽子《ぼうし》のつばをぐっと下げて顔をかくし、道行く人が「まあかわいいヒツジ！」「まあかわいい羊飼《ひつじか》い！」などと声をかけるのをふりきって、ドレミファ荘《そう》まで歩きに歩いたのでした。

マルジャーナの部屋《へや》にはいったとたん、ピピンとトムトムとペルペルは、マルジャーナの熱烈《ねつれつ》な歓迎《かんげい》を受《う》けました。

「おおっ、ペルペル！　ああなつかしい！　そうよ、この巻《ま》き毛《げ》とこの目よ！　ああ、会いたかったわ！」

マルジャーナは椅子《いす》の上で両手《りょうて》をのばしました。

「メへへへへ〜！」

ペルペルも、ぬれたような瞳《ひとみ》でうっとりとマルジャーナをみつめると、二人《ふたり》は（今のところはまだ一人《ひとり》と一匹《ぴき》ですが）ひしと抱《だ》きしめあいました。（正確《せいかく》には、マルジャーナだけが抱《だ》きしめたのですが）

「ペルペル、あたしのこと覚《おぼ》えてるわよね？」

マルジャーナがたずねると、

「メヘヘメヘヘメヘヘ、メヘヘヘ～！」

とペルペルは、鼻《はな》をひくひくさせながら、何かいいたそうに、少し長く鳴きました。

「へえ。何てったんだろう？」

トムトムがつぶやくと、マルジャーナが自信《じしん》たっぷりにうなずきました。

「えっ、わかるの？」と、ピピン。

「うん、だいたいわかるわ。〈マルジャーナ、きみのことは一度《いちど》だって忘《わす》れたことはないさ。きみは、とてもかわいらしい女の子だったけれど、今はすっかりきれいな娘《むすめ》さんになったねえ。おや？　足をけがしたの？　草原の舞姫《まいひめ》のきみが、足をいためるなんて、かわいそうに〉っていったみたい」

「へえ……」

二人《ふたり》は感心《かんしん》してマルジャーナとペルペルをみつめました。

「あれくらいの長さにしては、ずいぶんいろいろしゃべったんだなあ」

トムトムがいいました。

「そうよ。動物《どうぶつ》は、短《みじか》い言葉《ことば》で多くを語るものなの。ね、ペルペル」

「メヘヘヘ〜」

「へえ、知らなかった。じゃ、今はなんて?」

興味《きょうみ》しんしんでピピンがたずねました。

「〈そうだよ〉って」

「あんがい、少なく語ったね」

二人《ふたり》の心は、もうほとんどすっかり魔法《まほう》のほうにかたむいていました。トムトムは
そこで、はっと思いついていいました。

「ねえ、マルジャーナ、それじゃ、ペルペルがどうして魔法《まほう》をかけられちゃったのか、聞いてみなよ!」

するとピピンがいいました。

「それよか、どうしたら魔法《まほう》がとけるか聞いたほうがよくない？　何をしたのかは、人にもどってから聞いたっていいもの」

たしかにそのとおりでした。

「そうね。うん、じゃあ聞いてみる」

マルジャーナは顔をひきしめ、ペルペルの目をじいっとみつめて、やさしくたずねました。

「ペルペル、どうすればその魔法《まほう》はとけるの？」

みんなは、ペルペルがどんなふうに鳴くか、じっと耳をすましました。するとペルペルは、何だかはずかしそうにうつむきながら、甘《あま》えるような声をだしました。

「……メへ……メへへメへ……メへへへ……メへメへ……」

「なんて？」

ピピンとトムトムが小声でたずねると、マルジャーナまではずかしそうに、ベールのはじで口元《くちもと》を押《お》さえながら、生クリームの声でいいました。

「……あのね、たぶんだけど……キスしてくれたら魔法《まほう》がとけるよって、いってるらしいのよ……」

「ひゃあ……」

二人《ふたり》までついドキドキして、ぽうっとほっぺたを赤らめました。でも、おひめさまのキスで元《もと》の姿《すがた》にもどるというのは、いかにもありそうな方法《ほうほう》だと、二人《ふたり》は思いました。

「あたし試《ため》してみる。だから目をとじててね。キスをしたあと、ゆっくり十数えるから、それまで目はあけちゃだめよ。……ああ、どんな若者《わかもの》になってるか、ドキドキしちゃうわ」

まったくでした。この小さなヒツジが、次《つぎ》の瞬間《しゅんかん》には二十歳《はたち》の若者《わかもの》になって、この部屋《へや》に立っているだなんて！

マルジャーナが目をとじ口をとがらせて、ペルペルの鼻先《はなさき》めがけて、きゅうっと首をつきだしたので、ピピンとトムトムもあわてて、じゅうたんの上にすわり、ぎゅっと目をとじました。

チュバッ！

「さあいっしょに数えて。いーち……にー……さーん……しー……」

三人は声をそろえて十まで数えました。そしていっしょに目をあけると——。

なんと、ペルペルは消《き》えていたのです。

7 魔女《まじょ》の見習《みなら》い？

さっきまでペルペルが立っていたじゅうたんの上を、三人が呆然《ぼうぜん》とながめていると、のれんで仕切《しき》られた隣《となり》の部屋《へや》のほうから、かすかな物音《ものおと》が聞こえてきました。

シャムシャムシャム……。

ピピンとトムトムが大急《おおいそ》ぎでかけだし、松葉杖《まつばづえ》をついたマルジャーナがあとにつづきました。

「あっ！」

「あっ！」

まず二人《ふたり》が声をあげ、それにおくれて、マルジャーナが、

「ああああっ！」

と甲高《かんだか》く叫《さけ》びました。

満足《まんぞく》そうな顔をしたペルペルが、首をのばし、観葉植物《かんようしょくぶつ》の緑《みどり》の葉《は》をムシャムシャムシャムシャ、一心《いっしん》に食べていたではありませんか。

それは、ひっこし祝《いわ》いとお見舞《みま》いをかねて、ジジルさんが持《も》ってきてくれた、〈幸《こう》福《ふく》の木〉という鉢植《はちう》えの植物でした。ペルペルはおなかがすいていたのでした！

「へんだわねえ。キスすればいいって、いったように思ったんだけどなあ……」

マルジャーナはペルペルに野菜《やさい》を食べさせてあげながらそういうと、「しかたがないわ。やっぱり魔法《まほう》のとき方《かた》はかけ

た本人だけが知ってるのかもしれないわね……」と、ベールのあいだから、すがるように二人《ふたり》をみつめました。これはつまり、とき方《かた》を探《さぐ》りだしてきてちょうだいという、次《つぎ》のお願《ねが》いでした。

こうして二人《ふたり》は（予定通《よていどお》りというべきですが）、また羊飼《ひつじか》いになって、ペルペルといっしょにきた道をひき返《かえ》すことになりました。家を出るときも、街中《まちなか》を歩いているときも、だれひとり知っている人に会わないまま、歩きつづけることができたのは、まったく幸《さいわ》いでした。

山道にさしかかると、ペルペルはさっそく、道ばたに生《は》えた草を食べはじめましたが、二人《ふたり》はあまりいっしょうけんめい追《お》いたてようとはせず、ゆっくりと笛《ふえ》など吹《ふ》きました。

ほうら魔法《まほう》なんてウソだったじゃないか……という気持《きも》ちにもどっていきながらも、マルジャーナに頼《たの》まれた次《つぎ》の任務《にんむ》のことが気になります。

「魔法《まほう》のとき方《かた》、教《おし》えてもらえなかったっていうしかないね」

「マルジャーナ、がっかりするだろうけど、仕方《しかた》ないよねえ」

ぶらぶら歩いていても、ブリキの煙突《えんとつ》がたつ、古びた小屋はだんだん近づいてきました。するとペルペルはトコトコと歩きだし、柵《さく》に囲《かこ》まれた庭《にわ》の横《よこ》で、「ただいま〜」とばかりに、「メヘヘヘヘ〜」と鳴きました。

おばさんはすぐに出てきました。

「ああ、お帰り。シロツメクサをたっぷり食べてきたかい？　羊飼《ひつじか》いがいっしょだと、やっぱり安心だね」

悪《わる》い魔女《まじょ》とはとても思えないようすで、おばさんは、ペルペルをぽんぽんとなで、

「にいさんたちゃ、ありがとね。ほら、もひとつとっておき！」

というと、腰《こし》からさげた小袋《こぶくろ》に手をつっこみ、また二枚《まい》の金貨《きんか》をとりだして、ピピンの手ににぎらせたのでした。

そうでした！　金貨《きんか》という謎《なぞ》が残《のこ》っていたのです。こんなに気前《きまえ》よく金貨《きんか》をくれるなんてことが、ふつうのおばさんにやれるでしょうか？　金貨《きんか》をばらまいて、二人《ふたり》を

手なづけようとでもしているのでしょうか。でもおばさんは、そのままバサッとスカートをひるがえし、鼻歌《はなうた》まじりに家にもどりかけました。

トムトムは思わずかけよりました。

「おばさん、ちょっと待《ま》って……」

ところがそのとき、リンリンリンッ！　と、呼《よ》び鈴《りん》が鳴りました。裏口《うらぐち》とは反対側《はんたいがわ》の、玄関《げんかん》のほうで鳴らしているようでした。

「は〜い！　はいっとくれ〜！」

おばさんは、それに大声で答えると、ペルペルのおしりを、ドアの中へ押《お》しこみながら二人《ふたり》をふりむいて、

「きょうはだいじなお客《きゃく》がくるんでね、失礼《しつれい》するよ」

といって、にやっと笑《わら》いました。一本抜《ぬ》けた歯《は》のむこうに、暗闇《くらやみ》がのぞいていました。

そのとき、

「ここまでくると、汗《あせ》ばむわ！」

という、元気な女の人の声がしたのです。

その声は、少しはなれたところに立っていたピピンにもはっきり聞こえたし、トムトムにいたっては、声の主《ぬし》の姿《すがた》がドアのすき間から、ちらっと見えたのですから、もうびっくりぎょうてん。二人《ふたり》は大《おお》あわてで帽子《ぼうし》をぐっと引きおろし、腰《こし》をかがめ、そろって柵《さく》のかげに隠《かく》れました。なぜならそのお客《きゃく》とは、だれあろう、ドラさんだったのですから！

「なんで！　なんでドラさんがくるわけ！」

しゃがみながらピピンがささやきました。

「知らないよ。とにかくのぞいてみよう！」

二人《ふたり》は腰《こし》をかがめたまま、こそこそと柵《さく》を回りこみ、裏口《うらぐち》の横《よこ》についた窓《まど》の下まで行きました。そして、ゆっくり、そうっとのびあがりました。

くるくるした模様《もよう》の黄ばんだカーテンが、だらしなく途中《とちゅう》まであけられた窓《まど》のむこうにかげって見えるのは、どうやら台所《だいどころ》のようでした。

昔《むかし》ふうで、ごちゃごちゃしていて、壁《かべ》には、いろんな形のなべ類《るい》がつりさげられているほか、逆《さか》さになった枯《か》れた草のたばも、ずらずらとならんでいました。しなびたトウモロコシらしいものや、ひねこびたニンジンみたいなものも見えました。古めかしい棚《たな》には、何か入ったさまざまの形のガラスびんやホウロウの器《うつわ》がびっしり……。床《ゆか》の上の大きなカゴには、つんで間もないらしい青々した草の葉や茎《くき》が、どさりと入れてあり、火のたかれたかまどの上には、見たこともないほど大きな黒々とした鉄《てっ》なべがのっていました。

でも何といってもいちばん目をひいたのは、机《つくえ》の上の三脚《さんきゃく》にのった、銅《どう》の深《ふか》なべみたいなものでした。ふたのてっぺんから管《くだ》がのびているところなどは、まるで理科の実験道具《じっけんどうぐ》のようです。

そんな台所《だいどころ》で、薄汚《うすよご》れたリネンの前かけをしたドラさんが、神妙《しんみょう》そうな横顔《よこがお》をこちらにむけて立っていました。ペルペルは、すみで、置物《おきもの》にでもなったように、じっとしています。

いったいぜんたい、これから何が始《はじ》まろうとしているのでしょう。

するど、くぐもった声が、二人《ふたり》の耳に聞こえました。話しているのはドラさんでした。

「四月三十日は、たくさん集《あつ》まりましたの？」

「まあ、そこそこだったね」

魔女《まじょ》おばさんは、ぞんざいに答えると、火にかけた大《おお》なべをのぞき、用意《ようい》はできたと判断《はんだん》したらしく、

「さあ、そこの草をこっちによこしておくれ！」

と、大きな声で、ドラさんに命令《めいれい》しました。

ドラさんが腰《こし》をかがめて草の入ったカゴをもちあげました。まるで、いばった先生と弟子《でし》のようでした。

湯気《ゆげ》があがる大《おお》なべの中に草のたばを投《な》げいれた魔女《まじょ》おばさんが、長い棒《ぼう》で草をおしこみながら、「きれい」だとか、「きたない」だとかつぶやくのが、かすかに聞こえ

ました。

そのときでした。ふたたび、リンリンリンッと呼《よ》び鈴《りん》が鳴《な》り響《ひび》き、

「はーい！　はいっとくれ～！」

と、魔女《まじょ》おばさんがさっきと同じようによばわりました。お客は、ドラさん一人《ひとり》だけでなかったのでしょう。

それからまもなく、ギイッと音をたてて台所《だいどころ》のドアがあきました。ああ、すると何たることとか、レミさんが入ってきたではありませんか！

「……もう始《はじ》まってました？　すみません、仕事《しごと》が終《お》わらなくて……」

ひょろりとしたレミさんは、背中《せなか》を丸くしてぺこぺこしながら、壁《かべ》にかけてある、これもやっぱり薄汚《うすよご》れた前かけをつかんで急《いそ》いでしめました。そしてそそくさとカバンからノートをとりだし、鉛筆《えんぴつ》をにぎりました。ところがそこで、

「あら西日《にしび》がまぶしい……」

とつぶやくなり、細《ほそ》めた目を窓《まど》のほうへむけたので、ピピンとトムトムはさっと顔を

ひっこめ、壁《かべ》と地面《じめん》に溶《と》けよとばかりに、壁《かべ》にはりつき地面《じめん》にかがみこみました。頭の上で、シャッとカーテンをしめる音がしました。

二人《ふたり》がおそるおそるのびあがると、くるくる模様《もよう》の黄ばんだカーテンが一分《いちぶ》のすきもなく、きちんとしめられていました。

8　物知《ものし》りチェントさん

　ピピンとトムトムは、羊飼《ひつじか》いの変装《へんそう》をとくのさえ忘《わす》れ、頭をぼうっとさせながら、おそい午後の山道をくだっていきました。カーテンの隙間《すきま》から見えたながめは、二人《ふたり》がこれまでに見たことのある台所《だいどころ》のものとは、まるでちがいました。それに、魔女《まじょ》おばさんが「だいじなお客《きゃく》」といったわりには、ドラさんもレミさんも、お客《きゃく》らしいもてなしを受《う》けているようにはとても見えなかったし、あの汚《きたな》らしい前かけからは、お料理《りょうり》を習《なら》いにきたと考えるのも無理《むり》でした。

「……何してたんだろう……」

　ピピンがやっとつぶやくと、トムトムもやっと口をききました。おし殺《ころ》したような声でした。

「薬《くすり》を作るとこだったんじゃないかな……」

「えっ……？」

「魔法《まほう》の薬《くすり》……。たぶん二人《ふたり》は見習《みなら》いなんだよ……」

トムトムはつづけました。「ドラさん、ときどきほうきをまたいでるよね」

「うん、またいでるけど……。え、じゃああれって……修行《しゅぎょう》だったってこと？」

「……かも……」

二人《ふたり》は足をとめ、帽子《ぼうし》のつばに半分かくれた目を見合わせました。そこでやっと、自分たちがまだ羊飼《ひつじか》いのかっこうをしていたことに気づき、あわてて衣装《いしょう》をリュックにしまいこみました。

ドレミファ荘《そう》についた二人《ふたり》は、一階《かい》と二階《かい》の玄関《げんかん》の前をそうっと通りすぎ——つまり、ピピンの家とマルジャーナの家ですが——五階《かい》までのぼっていきました。頼《たの》みの探偵小説家《たんていしょうせつか》がじつはあちら側《がわ》の人だったとわかった今、思いうかぶ相談相手《そうだんあいて》といったら一人《ひとり》しかいなかったのです。もちろん、チェントさんでした。何しろチェントさんは百一年も生きてきたのですから、知恵《ちえ》がいっぱい詰《つ》まっていましたし、バカげたこととバカげてないことを見《み》きわめることもできました。しかもきもがすわっていて、ちょっとやそっとのことで気絶《きぜつ》なんかしないことも、二人《ふたり》はよく知っていました。

呼《よ》び鈴《りん》にこたえて、コツコツ杖《つえ》の音をひびかせながら、チェントさんがむかえに出てくれました。

「おや、いらっしゃい……モップの柄《え》なんかもってどうしたの？　それに、ただのご機嫌《きげん》うかがいではなさそうな顔をしてるわね、二人《ふたり》とも……」

チェントさんは、くるみのようなしわだらけの顔に埋《う》まった目を心配《しんぱい》そうに光らせて、二人《ふたり》をかわりばんこに、しゅるしゅるっと見ました。そのすばしこい観察《かんさつ》ぶりは、どこかネズミにも似《に》ていました。（ちょっとヒゲもはえていましたしね）

「はてはて、いったい何があったの？　中に入って、一部始終《いちぶしじゅう》を聞かせてちょうだい」

ものわかりのいいやさしさに、二人《ふたり》はほっとしました。

いわれたとおりに「一部始終《いちぶしじゅう》」を話してきかせるわけにはいかなかったけれど、いつものように揺《ゆ》り椅子《いす》におさまったチェントさんの前に二人《ふたり》ならんですわると、まずトムトムが口をきりました。

「ねえチェントさん。チェントさんは、山の途中《とちゅう》の小さい家に一人《ひとり》で住《す》んでるおばさん、知ってる？」

「学校の子たちが〈魔女《まじょ》おばさん〉て、あだ名をつけてる太ったおばさんで、畑《はたけ》を作ってて、ニワトリとか……あと、ヒツジとか、飼《か》ってるの」

と、ピピンがおぎないました。

チェントさんは思い出そうとするように、首をかしげていましたが、結局《けっきょく》、左右にゆっくり頭をふりました。山道を登《のぼ》ることは、さすがにもう何年もしていませんでした。それに、昔《むかし》、〈魔女《まじょ》おばさん〉と呼《よ》ばれていた太ったおばさんがいたことはいたけれど、その人は町に住《す》んでいたし、いくらなんでももう生きてはいないでしょう。

「で、その人がどうしたの？」

身《み》をのりだすようにして、チェントさんがたずねました。

ピピンとトムトムは、〈山歩きの途中《とちゅう》で、たまたま魔女《まじょ》おばさんちのそばを通りかかったときに見た話〉というかたちで、ついさっきのことを話しました。ドラさんがその家にやってきたのだけれど、何となく声をかけそびれたので、何となく物《もの》かげにかくれながら、何となく家の中をのぞいていたら、レミさんまでやってきたこと。そして、のぞいたときの家の中のようす――どんなものがどんなふうに置《お》いてあり、そして、三人がどんなことをしはじめていたのかを説明《せつめい》しました。そのあいだチェントさんは、眼鏡《めがね》の奥《おく》の目をめいっぱい開《ひら》き、ときどきうなずきながら、耳をかたむけつづけました。

「ねえチェントさん、今の話って、なんかあやしいと思う？　それとも、べつにあやしくない？」
　ピピンが聞きました。
「……何かあやしいことを話してたかい？」
「あやしいことはとくに何も……魔女《まじょ》おばさんがおなべの前で、きれいとかきたない
とかいうのは聞こえたけど……」
　するとチェントさんの顔が、きゅっとゆがみました。そのときトムトムが口をはさ
みました。
「ほら、その前にドラさんが、魔女《まじょ》おばさん
に聞いてたじゃない、四月何日だったかに
……」
「あ、そうそう、三十日だよ。四月三十日は、
たくさん集《あつ》まりましたかって聞いてた！」
　チェントさんの顔が、さらにきゅうっとゆ

がみました。チェントさんは考えるように目をとじ、足のせ台にのせた足をゆっくりけって揺《ゆ》り椅子《いす》をゆらし、ゆっくりもどってくると、ぱちっと目をあけてするどいまなざしでたずねました。

「ひょっとして、台所《だいどころ》の中に、先が割《わ》れてねじれたようになってる大根《だいこん》かにんじんみたいなものはなかったかい？　ただし、色は茶色で、ひげだらけで、頭には菜《な》っ葉《ぱ》がたくさんついてるの……」

二人《ふたり》は、あの台所《だいどころ》の壁《かべ》のようすを思いうかべてみました。いろいろとかかっていた草のたばの中に、そういうものもあったような気がします。

「……うん、あったと思う……」

二人《ふたり》はあいまいに答えました。チェントさんはそれを聞くと、深々《ふかぶか》とうなずきました。

「まさかとは思ったけど、魔女《まじょ》おばさんというのは、どうやら、ほんものの魔女《まじょ》だったようだね。ドラさんとレミさんは、さしずめ見習《みなら》いってとこだろう……」

ピピンとトムトムは、ドキドキしながら、つばといっしょに、「やっぱり」という言葉《ことば》ものみこみました。

「でも、チェントさん、どうしてそうだって確信《かくしん》したの？」

チェントさんは、椅子《いす》の手すりをぎゅっとつかみながらいいました。

「あんたたちは、シェイクスピアって名前、知ってるかい？」

「うん、まあ……」

よく知らないけど、聞いたことはありました。

「『ハムレット』だとか『ロミオとジュリエット』なんて劇《げき》を書いた、世界一偉大《せかいいちいだい》な劇作家《げきさっか》だよ」

そういう題名《だいめい》は聞いたおぼえがありました。チェントさんはつづけました。

「その人の劇《げき》に『マクベス』っていう、こわい劇《げき》があるんだけどね、三人の魔女《まじょ》が出てきて、〈きれいはきたない……きたないはきれい……〉と、なぞかけみたいなわけのわからないことをいいながら踊《おど》る場面《ばめん》から始《はじ》まるんだよ。不吉《ふきつ》な出来事《できごと》がおこる前ぶれみたいにね」

ピピンとトムトムは、まるでほんものの魔女《まじょ》みたいな顔つきで骨《ほね》ばった手を宙《ちゅう》で揺《ゆ》らしながら、「きれいはきたない……」と説明《せつめい》するチェントさんをみつめました。

チェントさんは、一回、ぐうんと椅子《いす》を後《うし》ろにゆらしてもどってくると、キラキラっと二人《ふたり》を見ていいました。

「そしてもうひとつ。あんたたち、〈ヴァルプルギスの夜〉というのは、おそらく初《はじ》めて聞く言葉《ことば》だろうね？」
二人《ふたり》は神妙《しんみょう》そうにまゆをしかめてから、うん、とうなずきました。
チェントさんはしわだらけの顔を、ぐんと二人《ふたり》に近づけて話しはじめました。
「〈ヴァルプルギスの夜〉ってのは、一

年でいちばん大きな魔女《まじょ》の集会《しゅうかい》のことなんだよ。ブロッケン山ってところに、世界中《せかいじゅう》の魔女《まじょ》たちがほうきだのヤギだのに乗《の》って集《あつ》まってきて、夜じゅう、飲《の》めや歌えの大《おお》騒《さわ》ぎをするの。ごちそうには、なんと、ヒキガエルや……」

チェントさんはそこでちょっと言葉《ことば》を切り、「あかんぼうなんかがでるそうだよ」

と、小声でいいそえました。

「うわっ……」

二人《ふたり》は思わずぎゅっと顔をゆがめました。

「……で、その夜というのが、つまり、四月三十日ってわけ？」

とトムトムがたずねると、チェントさんは、ゆっくりこくんとうなずきました。

短《みじか》い沈黙《ちんもく》が三人をつつんだあと、ピピンがチェントさんのひざをゆすってせかしました。

「……じゃ、ねじれた汚《きたな》い野菜《やさい》のことは？」

「それはね……」

チェントさんは、また一回、揺《ゆ》り椅子《いす》を揺《ゆ》らしたあと話しはじめました。

「魔女《まじょ》につきものなのは、何といっても薬草《やくそう》さ。魔女《まじょ》はいろんな薬《くすり》を使《つか》って、魔法《まほう》をかけるんだからね。でね、薬草《やくそう》の代表《だいひょう》といってもいいのが、マンドラゴラという奇妙《きみょう》きてれつな植物《しょくぶつ》なんだよ。根《ね》が人間の足のように二つに分かれていて、ひっこぬこうとすると、とんでもない悲鳴《ひめい》をあげるんだそうだよ。そんなものがあったのなら、もうまちがいなく魔女《まじょ》とみていいだろうね」

自分たちも、そういう結論《けつろん》に達《たっ》していたというのに、これまでの話にすっかり圧倒《あっとう》されたピピンとトムトムは、頭がじいんとしびれたようになりました。

魔女《まじょ》おばさんがほんものの魔女《まじょ》で、ドラさんとレミさんがその見習《みなら》いだということが、はっきりした今、するべきことは何でしょう？　もうあの二人《ふたり》には近づかないようにすることでしょうか？　それとも手遅《ておく》れにならないうちに二人《ふたり》の目をさまし、悪《あく》の道から、救《すく》いだすことでしょうか？　二人《ふたり》は、どうしていいかわからず、小さい子のように、すがるまなざしでチェントさんを見上げました。

するとチェントさんが、元気づけるように、にっこり笑《わら》っていいました。

「でもね、ピピンにトムトム。あの人たちが魔女《まじょ》の修行《しゅぎょう》をしてたからって、そんなに不安《ふあん》がることはないんだよ。なぜなら、薬草《やくそう》というのは、使《つか》い方《かた》しだいで毒《どく》にも薬《くすり》にもなるわけでね、マンドラゴラがあったとしても、かならずしも、毒薬《どくやく》を作っていたとばかりもいえないのさ。昔《むかし》だって、悪《わる》さをする魔女《まじょ》ばかりじゃなく、ほれ薬《ぐすり》やら、イボ取《と》りの薬《くすり》やら、きれいになる薬《くすり》を調合《ちょうごう》して、みんなの役《やく》に立っていた、いい魔女《まじょ》もいたはずなんだから。あの二人《ふたり》は、そりゃたしかに見かけは魔女《まじょ》っぽいけども、根《ね》はやさしい人たちだもの、いくら何でも、いいほうの魔女《まじょ》をめざしてるんじゃないのかねえ、その魔女《まじょ》おばさんにしてもさ。だってだいたい、若者《わかもの》を動物《どうぶつ》に変《か》えたりするような古くさいこと、今どき、だれもやらないでしょうよ」

その言葉《ことば》にピピンとトムトムは、忘《わす》れていたことをハッと思い出しました。ドラさんとレミさんのことはさておき、自分たちが、ほんとうはいったい何を相談《そうだん》したかったのかを。今どきだれもやらないと、チェントさんがあっさりいってのけた、その古くさい魔法《まほう》、まさにそれが問題《もんだい》だったのです。魔女《まじょ》おばさんがほんとうの魔女《まじょ》なら、あのペルペルだって、魔法《まほう》をかけられた二十歳《はたち》の若者《わかもの》なのにちがいありませんでした。

どうすればその魔法《まほう》がとけるのか、だいじなのは、そのことでした！

9　時をまたぐおばさん

チェントさんは、そわそわと落《お》ちつかないピピンとトムトムをやさしい目で見ていました。
「あんたたち、まだ安心《あんしん》できないようね。そりゃたしかに、ドラさんたちがいい魔女《まじょ》をめざしてるって保証《ほしょう》はないよ。でもほら、いい魔女《まじょ》になるにしろ悪《わる》い魔女《まじょ》になるにしろ、修行《しゅぎょう》は大変《たいへん》だもの、どうせそう簡単《かんたん》に、ものにはなりゃしないもんよ。だから心配《しんぱい》しなさんな！」
チェントさんは、自分にもいいきかせるように、うなずきました。
「うん……」

「たぶんね……」

二人《ふたり》はもじもじと返事《へんじ》をしました。

「……おや？　あんたたち、まだ何かありそうだね。どうやら、秘密《ひみつ》を打《う》ちあけようかどうしようかって悩《なや》んでるみたいな顔に見えるねえ」

まったく図星《ずぼし》でした。

「聞かないほうがいいなら聞かないよ。でもそれを聞かないと、相談《そうだん》にのってあげられないなら話してもらわないとね」

二人《ふたり》は「いっちゃう？」というように顔を見合わせ、同時にうなずきました。こんなに物知《ものし》りのチェントさんなら、魔法《まほう》をとく方法《ほうほう》についてもきっと何かいい知恵《ちえ》を与《あた》えてくれるでしょうし、何といっても、チェントさんは信用《しんよう》のおけるなかよし友だちでしたからね。

こうしてピピンとトムトムは、思いきって、事《こと》の初《はじ》めから順番《じゅんばん》に、チェントさんに話すことにしたのです。マルタさんが、十歳《さい》のときにしたペルペルとの約束《やくそく》のこと。

マルタさんのかわりに五月十三日に二人《ふたり》が洞窟《どうくつ》にむかうと、若者《わかもの》ではなくヒツジがいたこと。そのヒツジを追《お》いかけていくと魔女《まじょ》おばさんの家についたこと。おばさんが、ヒツジをペルペルと呼《よ》んだこと。そしてきょう、羊飼《ひつじか》いになりすました二人《ふたり》がペルペルをドレミファ荘《そう》までつれてきたこと。お駄賃《だちん》の金貨《きんか》をもらったこと。マルタさんが魔法《まほう》をとこうとキスしたけれど、とけなかったこと。そこで、ペルペルを返《かえ》しにいくと、おばさんがまた金貨《きんか》をくれて、そしてそこへ、ドラさんとレミさんがやってきた、というところまでを、かわりばんこに、一気《いっき》に話したのです。

息《いき》をつめるようにして話を聞いていたチェントさんは、すっかり聞きおえると、大きく息《いき》をつき、くるりくるりと目玉を回し、ピピンが見せた金貨《きんか》に、口をつきだして、ぶるぶる頭をふりました。

「……あんたたち、わたしの十分の一しか生きてないのに、そんなすごいことにでくわしたとは何てことだろう！　これはなかなかの金貨《きんか》だよ……。で、そのヒツジは、やっぱりどことなく二十歳《はたち》の若者《わかもの》っぽいのかい？」

「まだ子ヒツジだけど、ちょっとそんな感じはするね」

「目が素直《すなお》なんだよね」

チェントさんがあんまり驚《おどろ》いてくれたので、二人《ふたり》はちょっと得意《とくい》でした。でも今はとにかく、話を進《すす》めなければいけません。

「ねえチェントさん。心をこめて魔女《まじょ》おばさんにお願《ねが》いすれば、ペルペルの魔法《まほう》、といてくれると思う？」

ピピンが聞きました。まだ驚《おどろ》きが覚《さ》めなかったチェントさんは、はっと我《われ》に返《かえ》ると、チョッチョッチョッチョッと口をとがらせながら首をふりました。

「そうはいかないさ。きっとこういってしらばっくれるだろうさ。『何をねぼけたこといってるんだい？　わたしが魔法《まほう》をかけただって？　やめとくれ、ばかばかしい！　ペルペルははじめっからうちのヒツジだよ！』ってね」

二人《ふたり》はびっくりしました。魔女《まじょ》おばさんそっくりの声としゃべり方だったからです。

「ひゃあ、チェントさん、なんでわかるの？　会ったことないのに」

トムトムが目をしばしばさせました。

「おや、そんなに似《に》てた？　じつは今のは、昔《むかし》、町にいた〈魔女《まじょ》おばさん〉のしゃべり方なの。そのへんの子どもたちがよくまねしてたから、つい、その人の口ぶりになっちゃったんだよ」

「へえ！　昔《むかし》にもそんな人いたんだ……」

「へえ！　どんな人だったの？」

二人《ふたり》に聞かれて、チェントさんは、その人の姿《すがた》を目に浮《う》かべました。ずーっと忘《わす》れていたのに、さっき二人《ふたり》が〈魔女《まじょ》おばさん〉といったとたん、記憶《きおく》の奥《おく》からふんわりとあらわれ、そのまま頭のすみにいすわっていたのです。

「そう呼《よ》んでたのは、そのあたりの子どもたちだけだったけどね。四《よ》つ辻《つじ》の角の小さな家に住《す》んでいて、まあるく太ってて、スカーフをかぶってて、ばさばさしたスカートに大きなエプロンをかけてるの……そうそう、それがどれもペーズリー模様《もよう》なんだよ。窓《まど》にかかっていたカーテンまでね」

「……ねえ、そのペーズリー模様《もよう》とかいうのって、どんな模様《もよう》？」

二人《ふたり》は真剣《しんけん》にたずねました。チェントさんの説明《せつめい》から浮《う》かびあがるのは、自分たちの〈魔女《まじょ》おばさん〉の姿《すがた》そのものでしたから、もしこれでペーズリー模様《もよう》というのが、あのおばさんの服《ふく》の模様《もよう》と同じものだとしたら、これはちょっとこわいような気がしたのです。

チェントさんは、きょろきょろと首を動《うご》かして部屋《へや》の中央《ちゅうおう》を見たあと、
「ほら、あの……」
と、テーブルの上のバスケットを指《ゆび》さしました。勾玉《まがたま》のまわりに、くるくる草がからまったような模様《もよう》の大判《おおばん》のハンカチがかけてありました。
「あーっ、あの模様《もよう》って……」

「おんなじだ……」

それはまさしく、〈魔女《まじょ》おばさん〉がいつも身《み》にまとっている服《ふく》の柄《がら》だったのです。

それを聞いたチェントさんもまた、栓《せん》をぬいたびんのように丸く口をあけ、身《み》をすくませていました。

「……じゃあ、……もしかして……同じ人……？　ずっと生きてたってこと……？」

トムトムがかすれた声でいい、

「でも〈魔女《まじょ》おばさん〉て、まだおばあさんてほどじゃないんだよ……」

とピピンがいいました。

「……年とらない薬《くすり》を飲《の》んだんだ……」

チェントさんが、息《いき》をひそめるようにいい、「しかし、まさか、あの人がまだ生きてたとはおどろいた……。あの人、うわさどおり、やっぱり魔女《まじょ》だったんだ……」と、感じいったように、ゆっくり首をふりました。

「時をまたぐおばさんかあ……」

トムトムが夢見《ゆめみ》るように、まつ毛をしばしばさせていいました。

「何さ、時をまたぐって」

ピピンが聞くと、

「だって、その時から今に、えいって一《ひと》っとびに時間をまたいだみたいじゃないか」

とトムトムはいいました。

「なるほど……。そのおばさん、チェントさんに会うまでに、いったい何回くらい時をまたいでたんだろうなあ」

とピピンはため息《いき》をつきました。

三人は少しのあいだ、そうやってぼうっとしていましたが、やがていっせいに、もともと何を話していたのかを、はっと思い出しました。

「でさ、魔法《まほう》のとき方だよ！」

「そうだよ、そうだよ！　魔女《まじょ》おばさんに聞いても、しらばっくれるにちがいないってとこまで話したんだった」

「ほんとにそうだったねえ！」

チェントさんは気分《きぶん》を変《か》えるように暖炉《だんろ》の上のはちみつドロップの缶《かん》に手をのばすと、パカンとあけて、二人《ふたり》の手のひらに二つずつのせ、自分もひとつ口に入れました。

「さ、ドロップをなめて考えましょう」

三人はカラコロと音たててはちみつの味《あじ》を味《あじ》わいながら、腕《うで》をくみました。

ピピンがふとたずねました。

「若者《わかもの》を動物《どうぶつ》に変《か》えるのは古くさい魔法《まほう》だってチェントさんいったけど、そういうもんなの？」

チェントさんが首をすくめていいました。

「そりゃあそうさ！　あんたたちだって昔話《むかしばなし》を聞いたことがあるでしょう？　カラスにされた十二人の兄《にい》さんたちの話やら、カエルにされた王子様《おうじさま》の話やら……」

「そういえばクマにされた王子様《おうじさま》の話もあるよ。『しらゆきべにばら』に出てきたもの」

と、ピピンがあとをつづけました。

チェントさんがうなずきました。

「ほおらね。そういうことは昔話《むかしばなし》の中で起《お》きるんだもの。とうぜん古い魔法《まほう》でしょうよ」

するとトムトムが顔を輝《かがや》かせ、ぽんっと手を打《う》ちました。

「じゃあ、昔話《むかしばなし》のやり方で魔法《まほう》をとけばいいってことじゃないか！」

10 『ヨリンデとヨリンゲル』

トムトムの思いつきに、ピピンとチェントさんも顔を輝《かがや》かせました。

「さえてるわ！　トムトム！」

チェントさんはそういってトムトムをよろこばせたあと、「カエルが王子様《おうじさま》にもどれたのは……」とつぶやいてから、口をつぐんで頭をふりました。ピピンとトムトムも、その昔話《むかしばなし》なら知っていましたから、いっしょに首をふりました。おひめさまが泉《いずみ》に落《お》とした金のまりを拾《ひろ》ってあげたカエルは、おひめさまのベッドにはいろうとして、バシンと壁《かべ》にたたきつけられ、もとの姿《すがた》にもどるのです。ヒツジのペルペルを、まさかそんな日に合わせるわけにはいきません。

「じゃあ、カラスにされた十二人の兄《にい》さんたちの話はどう？」

トムトムが聞くと、チェントさんは、

「どうだったかしら……？」

といいながら、揺《ゆ》り椅子《いす》から立ちあがり、本棚《ほんだな》の前まで行きました。そこには、古めかしい『グリム童話集《どうわしゅう》』がならんでいました。

「この巻《かん》だったかしらねえ……。あ、あったあった……」

重《おも》そうな本を平気《へいき》で支《ささ》え、ページをめくって『十二人の兄弟《きょうだい》』のところをさがしだすと、チェントさんは鼻《はな》めがねになりながら、人差《ひとさ》し指《ゆび》を文字《もじ》にそって走らせました。

「ふむふむ……。そうそう、そうだった……。心やさしい妹《いもうと》が、兄《にい》さんたちにあげようとして、魔法《まほう》のかかった家の庭に咲《さ》いていた十二本の白いユリの花を折《お》っちゃうの。そのとたん、兄《にい》さんたちはカラスになって飛《と》んでっちゃうのよねえ……」

「で、どうやってもどるの？」

ピピンとトムトムが左右から首をつっこみました。

「ほら、ここよ、ここ。魔法使《まほうつか》いのおばあさんが女の子にいうの」

チェントさんは、本を見せながら声に出して読み上げました。

「『……おまえは七年間、声をださずにいなきゃいけない。話すのも、笑《わら》うのもだめ。一言でもしゃべるか、七年間にあと一時間、たりないだけでも、何もかもぜんぶ、水《みず》の泡《あわ》』」

三人は、本から目をあげました。

「ぼくなら無理《むり》だな」

「ぼくだって。だって十七歳《さい》になるまで、じっとしてるんだよ！」

「わたしは百八までか……。まあ、やるのはマルタさんでしょうけど」

三人は、首をふりました。おしゃべりが大好《だいす》きなマルジャーナには、ありえない方《ほう》法《ほう》です。

「ほかはどうなの？」

トムトムがたずねると、

「『しらゆきべにばら』のクマの場合は、魔法《まほう》をかけた小人をクマがバシンって殺《ころ》したら、もとにもどったんだよ」

と、ピピンがいいました。

「……てことは、ペルペルが、あのおばさんをバシンと？　それはちょっと……」

すると、ページを繰《く》っていたチェントさんが、

「ふうむ。そうそう……。これならどうかしら……」

とつぶやきました。

「えっ、どれどれ？」

二人《ふたり》は古くさい匂《にお》いのする黄ばんだページに、またぐっと顔を近づけました。

「ヨリンデとヨリンゲル……？」

「どんな話？　ぼく知らない」

「読んで読んで、チェントさん！」

「すわってすわって！」

こうして二人《ふたり》は、チェントさんをふたたび揺《ゆ》り椅子《いす》におしこむと、その前で足をかかえてすわりました。チェントさんは、ウ、ウンとせきばらいすると「じゃあ、読むよ」と前おきし、いつもよりいくらか調子《ちょうし》の高い声で読みはじめました。

「『ヨリンデとヨリンゲル』。……むかしむかし、大きな深《ふか》い森の真《ま》ん中《なか》に、古い城《しろ》がひとつたっていて、年とった女がひとりぼっちで住んでいましたが、このおばあさんは、大《だい》魔《ま》法《ほう》使《つか》いでした……」

ある夕方、美《うつく》しい娘《むすめ》ヨリンデは、恋人《こいびと》

のヨリンゲルとともに森で迷《まよ》い、城《しろ》から百歩《ぽ》のところまで近づいたため、鳥に変《か》えられてしまいます。ナイチンゲールになったヨリンデは、チキュート、チキュートと鳴きながら、魔法使《まほうつか》いにつれ去《さ》られてしまうのです。

残《のこ》されたヨリンゲルはなすすべもなくさまよい歩《ある》き、やがてたどりついた村で羊《ひつじ》の番《ばん》をして暮《く》らします。ところがある晩《ばん》、ふしぎな夢《ゆめ》を見るのです。美しい大きな真珠《しんじゅ》が真《ま》ん中《なか》にある、血《ち》のように赤い花を手にお城《しろ》に行くと、その花で触《ふ》れられたものは、みな魔法《まほう》がとけ、もとの姿《すがた》にもどるという夢《ゆめ》でした。目覚《めざ》めたヨリンゲルは、その花をもとめて歩きに歩き、九日目にそのような花をみつけます。そしてそれを手に、城《しろ》にのりこんでいくのです。

チェントさんは読みつづけました。

「……ヨリンゲルは中庭《なかにわ》を通りぬけ、たくさんの鳥の声が聞こえやしないかと耳をすましました。聞こえました。ヨリンゲルは進《すす》んでいって広間《ひろま》をみつけだしました。そこではおばあさんの魔法使《まほうつか》いが七千のカゴの鳥たちにエサをやっていました……」

ピピンとトムトムの目には、色とりどりの鳥たちが入れられたさまざまの形の鳥カゴが、広い広間をうめつくす光景《こうけい》が広がりました。美《うつく》しいさえずりが満《み》ちるなか、腰《こし》の曲《ま》がったおばあさんがひとり、エサをやっているところが見えるようです。

チェントさんはさらにつづけました。

「……でも、ナイチンゲールは何百もいるのです。いったいどうやって、愛《あい》するヨリンデをみつけたらいいのでしょう。するとおばあさんが、カゴをひとつそっとはずし、戸口《とぐち》に行こうとしているではありませんか。ヨリンゲルは、さっとそちらへいき、花で、カゴとおばあさんにさわりました。そのとたん、おばあさんは魔法《まほう》の力を失《うしな》い、そこにはもうヨリンデがいて、ヨリンゲルにだきついたのです。ヨリンデは美《うつく》しく、前とそっくりおんなじでした」

ピピンとトムトムはほうっと息《いき》をつき、ほかの鳥たちもみな娘《むすめ》にもどったという最《さい》後《ご》を聞いて、さらにほうっとため息《いき》をつきました。『ヨリンデとヨリンゲル』は、じっさい、とても美《うつく》しいお話だったのです。

チェントさんは本をとじると、胸《むね》にだきしめ、目をきらきらさせていいました。

「何だかわたし、すっかり楽《たの》しくなっちゃった！　真《ま》ん中《なか》が真珠《しんじゅ》みたいな、血《ち》のように赤いお花を持《も》って、みんなで魔女《まじょ》おばさんのところにのりこもうじゃないの！　ああ、四《よ》つ辻《つじ》に住《す》んでたあの魔女《まじょ》おばさんにまた会えるだなんてねえ！　それに、ヒツジがどんな若者《わかもの》になるかぜひとも見てみたいよ。山道は何年も登《のぼ》ってないけれど、ここでひるむわけにはいかないわ！」

チェントさんの興奮《こうふん》は、椅子《いす》の前にいた二人《ふたり》にも伝染《でんせん》しました。チェントさんといっしょに魔女《まじょ》おばさんの小さな家をたずね、美《うつく》しい花でペルペルにふれるのです。

「でも、そんな花、どこにあるんだろう」

「ヨリンゲルも苦労《くろう》したみたいだし……」

二人《ふたり》はちょっと弱気《よわき》になりました。

でもチェントさんは、ケセラセラという調子《ちょうし》で二人《ふたり》をはげましました。

「だいじょうぶ。二人《ふたり》で九日もさがせば、それらしい花はみつかるでしょうよ」

ふしぎなことに、そういわれると、ほんとうにそんな気になってくるのでした。

「じゃあ、しっかり頼《たの》んだよ。わたしは山道にそなえて足をきたえておくからね。ああ、それから、ドラさんとレミさんのことは、きっと心配《しんぱい》いらないよ」

二人《ふたり》がチェントさんの家を出たときは、もうすっかり夕方になっていました。でも、二人《ふたり》の帰りを、きっと今か今かと待《ま》っているマルジャーナのところに寄《よ》らないわけにはいきません。むろん、かんばしくないこと——魔女《まじょ》の見習《みなら》いになったドラさんたちのことですが——は口にせず、魔法《まほう》がとけそうな方法《ほうほう》をみつけたという希望《きぼう》にみちた報告《ほうこく》をして、マルジャーナを喜《よろこ》ばせてあげるのです。

あんのじょう、首を長くして待《ま》っていたマルジャーナは、その知らせを聞いて、丸い顔をきらきらさせました。

「まあ、どんな方法《ほうほう》なの？」

「それはあとのお楽しみさ！　でもそれさえみつかれば、魔法《まほう》がとけるはずなんだ。九日目にチェントさんといっしょに行ってくるから、それまで待《ま》っててね」

そうピピンがいうと、マルジャーナはがぜんはりきりました。

「九日後なら、あたしも行けると思う！　だって、あと一週間がまんすればいいって、おとといお医者《いしゃ》さんにいわれたばかりなの。だからあたしも魔法《まほう》をときに行くわ！　だってペルペルが若者《わかもの》にもどったとき、あたしもいたほうがうれしいと思うもの……」

たしかに、百一歳《さい》のおばあさんと十歳《さい》の男の子だけより、若い娘《むすめ》さんがいたほうがうれしいにちがいありません。そもそも、ペルペルはマルジャーナの親友《しんゆう》なのですし。

「じゃ、ぼくたち、その日までに必《かなら》ずそれをさがしてくる。マルジャーナの足、ちゃんと治《なお》ってますように！」

「そうだね、ちゃんと治《なお》ってますように！」

二人《ふたり》はそういってマルジャーナの家をあとにし、長かった一日を終《お》えて、それぞれの家に帰りました。

11　赤い花とあやしい姉妹《しまい》

その週、最後《さいご》の日でした。

そして、この前のときもまったくそうだったように、学校に行き、勉強し、みんなとしゃべり、遊び、掃除《そうじ》をすませて帰るという日がつづくうちに、この前の日曜日の出《で》来事《きごと》は、遠い夢のようにどんどん遠《とお》ざかっていきました。あの日には、魔女《まじょ》も魔法《まほう》も、この世にまだちゃんとあるものに思えたし、昔話《むかしばなし》の真実《しんじつ》は、今も変《か》わらない真実《しんじつ》に思えたのに、ふだんの暮《く》らしにもどったとたん、そんなことあるはずないじゃんか！　というもともとの頭が、まただんだんもどってきたのです。そして土曜ともなると、昔話《むかしばなし》のやり方をまねして魔法《まほう》をとこうなどと、本気《ほんき》で思った自分たちにあきれました。

どこからともなく、お昼ごはんのいい匂《にお》いがただよってくる、土曜日ならではの学校からの帰り道、おなかがなるのを聞きながら、ピピンはつぶやきました。

「あの日はやっぱり、ちょっとどうかしてたよね……」

「うん、どうかしてたよ。チェントさんやマルジャーナは、夢見《ゆめみ》がちの女の子みたいなもんだから、ああいうことが信《しん》じられるんだろうけど、ぼくは現実的《げんじってき》だもの……」

「ぼくだってさ。それに科学的《かがくてき》だし……」

「そうそう。人間がヒツジになったり、おばさんが時をまたいだりなんて、ありえない」

「うん、ありえない」

それでも二人《ふたり》は、チェントさんとマルジャーナを、がっかりさせたくないばかりに、月曜日からきのうまで、毎日ちゃんと寄《よ》り道《みち》をして、真《ま》ん中《なか》が真珠《しんじゅ》のようで、血《ち》のように赤い花をさがして歩いていたのです。あっちの公園《こうえん》、そっちの原っぱ、きれいなお庭《にわ》があればのぞき、ドラさんたちの妹《いもうと》、ミンミさんが働《はたら》いている花屋さんにはないかとまめに顔を出しました。けれど、そんな花はどこにもありませんでした。

きょう二人《ふたり》は、ひさしぶりに、通いなれた通学路《つうがくろ》をただぶらぶらと歩いていました。早くお昼を食べたかったたし、赤い花さがしにも、もういやけがさしていたのです。

「きょうで六日目だろ？　九日目に持《も》ってけばいいんだもの、まだよゆうだよ」

とトムトムはいいました。

「そうそう。ヨリンゲルだって、九日目までは見つけられなかったんだもんね」

とピピンもうなずきました。

でも、九日目にあたる火曜日に、みんなそろって魔女《まじょ》おばさんの家をたずねていくとしたら、さがせる日はきょうも入れて、土、日、月の三日だけです。それなのに、いちばん大切な気力が、しなしなとなえてしまったのはこまったことでした。

今二人《ふたり》は、十段《だん》の石段《いしだん》をゆっくりのぼりながらしゃべっていました。

「ねえ、トムトム、どうせいちおう持《も》ってくだけなんだもの、そんなむずかしい花じゃなくたって、いいんじゃないのかなあ……」

「そうだよねえ。ミンミさんとこに売ってる、赤っぽい花にしちゃおうか。二人《ふたり》で一本買うくらいのおこづかいなら、あるよね？」

二人《ふたり》は今や、もう適当《てきとう》でいいやという気持《きも》ちにあふれていました。

そんな調子《ちょうし》で公園《こうえん》のまわりをぐるりと回り、ドレミファ荘《そう》の近くまできたときでした。黄色のタクシーが止まったと思うと、中からピピンのお母さんが降《お》りてきました。

ピピンが目をぱちくりさせていると、それにつづいて降《お》りてきたのはマルジャーナでした。ふつうの若《わか》いお姉《ねえ》さんという感じのマルジャーナを見るのはひさしぶりでした。

お母さんが二人《ふたり》に気づいて、ぱっと笑《わら》いかけました。

「あら、お帰り！　トムトムもこんにちは！　病院《びょういん》、時間がかかっちゃって、すっかりおそくなったの。でもほら、マルタさんを見てちょうだい！」

「あっ、マルジャ……じゃなくてマルタさん、松葉杖《まつばづえ》、いらなくなったんだね！」

「わあ、ほんとだ！」

二人《ふたり》はマルタさんになってすましているマルジャーナにかけよりました。

マルタさんは、二人《ふたり》に深々《ふかぶか》と頭をさげていいました。

「長いことお世話《せわ》になりました。ほんとにありがとう。もうほとんどだいじょうぶよ」

そして、ピピンのお母さんがドレミファ荘《そう》のドアをあけるのを素早《すばや》く横目《よこめ》で見ながら、

「月曜から会社に出るんだけど、火曜日は早びきしますって、もうちゃんと伝《つた》えてあるからだいじょうぶよ。だいじなものは見つかった？　あたし、ほんとにわくわく！」

と、マルジャーナっぽい小声でいいました。

するとそこへチェントさんがおりてきたので、その場はまたひとしきり、わいわいにぎわいました。それからチェントさんは、ピピンとトムトムに顔をよせて、

「このとおり、きたえてますよ。真《ま》ん中《なか》が真珠《しんじゅ》みたいで血《ち》のように赤い花、よろしくね！」

とささやくと、「ではみなさん、ごきげんよう！」と、新しい運動靴《うんどうぐつ》で歩いていきました。

「やっぱり、まじめにさがしにいくしかなさそうだね……」

「ぼくもそう思ってたとこだよ……」

「じゃ、お昼を食べたらね」

ピピンとトムトムは、こそこそいいあって別《わか》れました。マルジャーナとチェントさんにああいわれたら、だれだってもうひとがんばりするしかないでしょう。

午後、二人《ふたり》は思いきってバスに乗《の》り、〈ちいさ森〉という、郊外《こうがい》にある小さな森に行くことにしました。木が茂《しげ》り、野の花がたくさんはえている自然《しぜん》の森で、好《す》きなように花をつんでもいい場所《ばしょ》なのです。

「よしっ！　プラントハンターだ！」

「よしっ！　プラントハンター・ヨリンゲルだ！」

〈ちいさ森〉に出かけると思うとすっかり楽《たの》しくなり、一度《いちど》は消《き》えた赤い花への情熱《じょうねつ》もだいぶもどってきました。

しばらくバスに乗《の》り、ようやくついたところは、きれいな公園《こうえん》ではなく、雑木林《ぞうきばやし》や草ぐさのあいだをかすかに小道が通うばかりの、ぶっきらぼうな森といったところでした。その上、市街《しがい》から遠《とお》いため、晴《は》れた土曜日だというのに人はまばらで、それも、元気のあまったお年寄《としよ》りか、バードウォッチングや草木の観察《かんさつ》にでもきたらしい、おじさんやおばさんがほとんどです。

想像《そうぞう》したとおり、緑《みどり》の草むらには、黄色や白や、うすもも色の小花が、長くのびた茎《くき》のところどころに、ぽつぽつと咲《さ》いていました。青い宝石のような可憐《かれん》な小花が、ひとところにかたまって咲《さ》いているのも見えました。でもどれもみんな、まとめて〈雑草《ざっそう》〉といわれてしまいそうな花ばかりでした。

「雑草《ざっそう》でも、花ってちゃんと見るとどれもほんとにきれいだねえ。赤じゃないといけないってのが残念《ざんねん》だなあ」

ピピンは身をかがめ、かわいい小花に見とれずにいられませんでした。

二人《ふたり》は気持《きも》ちよく木々の間を歩き回り、視界《しかい》の中に赤いものは入ってこないかと、生《お》い茂《しげ》る草むらに、きょろきょろ目を走らせました。

「どうしてなのかなあ、真《ま》ん中《なか》が真珠《しんじゅ》どころか、そもそも赤い花ってのが、ぜんぜん見あたらないよね……。ヨリンゲルのやつ、よくそんな花みつけたよなあ。春じゃなくて、夏とか秋だったらよかったのかなあ」

トムトムはぶつぶついいながら首をぐうっとのばして、あたりを見やりました。

そのとき、トムトムはぱっとピピンにとびつくと、背中《せなか》をおおうようにしながら、自分といっしょにしゃがみこませました。

「な、なにさ？」

ピピンが驚《おどろ》いてささやきました。

「いいから、あの木まで、はってこう！」

トムトムはするどくささやくと、ピピンをかかえるようにして、いちばん近くの太い木の幹《みき》にまわりこみました。

「ほら、あそこ！」

トムトムが指《ゆび》さしたのは、白っぽい花のかたまりをところどころにのせた、もしゃもしゃした灌木《かんぼく》の茂《しげ》みでした。その中に、二人《ふたり》のおばさんの姿《すがた》がありました。

「あっ……ド……」

ピピンが声をあげ、

「しっ！」

とトムトムがさえぎりました。

それは何と、ドラさんとレミさんでした。

何かを一生懸命《いっしょうけんめい》にとっているようでした。

「……何してんだろ、あんなとこで？」

「しっ！」

「何かどろぼうしてるみたい……」

「だから、しっ！」

トムトムが必死《ひっし》でいさめました。ドラさんとレミさんは、一度《いちど》けげんそうにこちらをふりむいたあと、また必死《ひっし》の形相《ぎょうそう》にもどると、髪《かみ》をふりみだすようにして、のびたりしゃがんだり、いそがしくしゃかしゃか何かやりつづけました。

「このままずっとみはってる？」

ピピンが聞くと、トムトムは首をふって小声でいいました。

「こっちにきたらみつかっちゃう。今のうちに逃《に》げよう」

こうして二人《ふたり》は背《せ》をかがめて、こそこそとその場所を立ちさり、結局《けっきょく》、森を出ることになりました。中にいたのでは、またどこかで出くわすに決《き》まっていましたし、同じバスに乗《の》って帰ることにでもなったらおたがいに気まずいに決《き》まってました。

12　マドちゃんに会う

やっときたバスに乗《の》り、ほかの乗客《じょうきゃく》たちからはなれて、いちばん後ろのすみの席《せき》にすわりこんだ二人《ふたり》は、ぼんやり窓《まど》の外をながめました。

「……変《へん》だったなあ、あの二人《ふたり》……」

思い出すように、まつ毛をしばしばさせながら、トムトムがつぶやきました。

「うん……。ふつうのおばさんたちと、まるでぜんぜんちがってた……」

あのとりつかれたような目つきと挙動《きょどう》の不審《ふしん》さ……。やっぱり魔女《まじょ》の見習《みなら》い……という思いを、二人《ふたり》はかみしめていました。それとともに、とっくに溶《と》けてしまったはずの遠《とお》い夢《ゆめ》が、まただんだん色をおび、形をおびてよみがえってきたのです。それはつまり、魔女《まじょ》も魔法《まほう》も昔話《むかしばなし》も、またまた真実《しんじつ》に思えてきたということでした。

「ねえ、トムトム、思うんだけどさあ……」

ピピンにしてはまじめそうな声を出したので、トムトムは思わず横《よこ》をむいて、ピピンのつやつやしたほっぺたを見ました。ピピンがつづけました。

「ぼくたち今まで、魔法《まほう》なんかとけっこないっていうか、そもそも魔法《まほう》のはずがないんだから、とけるもとけないもないって思ってたけど……だけどね、もしもほんとに、真《ま》ん中《なか》が真珠《しんじゅ》みたいな血《ち》のように赤い花があったとしたら、魔法《まほう》だってほんとにあって、ほんとにそれがとけるんじゃないかなあ……」

トムトムがピピンのいったことについて考えていると、ピピンはさらにいいました。

「ありそうもない花があるってことは、ありそうもないことがあるってことでしょ?」

「……なるほど……」

トムトムは、ほうっと背《せ》もたれに寄《よ》りかかりました。ピピンのいうとおりかもしれないと思ったのです。でも同時に、どっとむなしさにおそわれて、暗《くら》い声でいいました。

「……ってことはさ、ここらへんをうろついてたって、しょうがないってことじゃない？　世界《せかい》の果《は》ての断崖絶壁《だんがいぜっぺき》に、百年に一回、ぽつんと咲《さ》くのをとってくるくらいじゃないとだめってことなんじゃないの……？」

ところがトムトムの言葉《ことば》に、ピピンは強く首をふりました。

「考えようだよ！　世界の果《は》てにいる人から見たら、ここが果《は》てってことだし、今が百年に一回の今なのかもしれないじゃない。だいじなのは、ぜったいにそれで魔法《まほう》をとくんだって、心の底《そこ》から思いながら探《さが》すってことなんだと思うんだよ、ヨリンゲルみたいにさ」

「……なるほどね……」

トムトムは、ぴんとはちきれそうなピピンの丸顔をみつめました。あんがいいいこというもんだなあ……と感心《かんしん》していたのです。

こうして二人《ふたり》は、心の底《そこ》からがんばろうと決《き》めたのでした。

学校のそばでバスを降《お》りた二人《ふたり》は、むこうからマドちゃんがやってくるのに気づいてうれしくなりました。風車《かざぐるま》をたてた、からっぽの手押《てお》し車《ぐるま》をカラカラいわせながら押《お》してくるのは、配達《はいたつ》の帰りだからなのでしょう。マドちゃんは、いつでもさわやかで、二人《ふたり》を明るい気持《きも》ちにしてくれるのです。

「ピピンにトムトム、こんにちは！　まださがしものしてるのー？」

マドちゃんは二人《ふたり》にむかってリンリン鳴《な》る鈴《すず》のような声をはりあげました。このところ二人《ふたり》は、「ぼくたち、ちょっとさがしものがあるんだ。じゃね！」といって、毎《まい》日《にち》さっさと帰ってしまうからでした。

二人《ふたり》はマドちゃんとならんでいっしょに歩きだしました。マドちゃんの家、八百屋《やおや》のベジタ屋《や》の前を通ってずうっと行った先の広場《ひろば》に、りっぱな花壇《かだん》があったことを、バスの中で思い出したのです。ただ、真《ま》ん中《なか》が真珠《しんじゅ》のような血《ち》のように赤い花がそこにあった場合、『わたしたちは花どろぼうをけっして許《ゆる》しません！』というこわいおばさんの顔がついた大きな立て看板《かんばん》の横《よこ》で、花どろぼうにならなければならず、気が重かったのですが。

ベジタ屋《や》の前まできたとき、マドちゃんがいいました。

「ねえ、ちょっとだけうちに寄《よ》って、すっごくきれいなもの見ていかない？」

「なに？　きれいなものって」

「見たい見たい！」

気が重かった二人《ふたり》は喜《よろこ》んでマドちゃんについていきました。お客さんたちをかき分け、流れだすように積《つ》まれた色とりどりの野菜《やさい》や果物《くだもの》の横《よこ》を歩き、おじさんにあいさつをし、お店の奥《おく》のドアをぬけました。

そこはこぢんまりとした、明るいお庭《にわ》になっていました。つるバラのからむついたてや、花カゴをしょった石のロバなどが置《お》いてあり、ところどころに白い花、黄色い花、それに赤い花が咲《さ》いていました。二人《ふたり》はぱっと目を光らせ、赤い花にかけよりました。でも、美《うつく》しい真《ま》っ赤《か》な花は真《ま》ん中《なか》までも真《ま》っ赤《か》でした。

「それもきれいだけど、ちょっと待《ま》っててね、今、もっとかわいくてきれいなの、もってくるから！」

マドちゃんはそういうと姿《すがた》を消《け》し、それからすぐに、両手《りょうて》で鉢《はち》を持《も》ってもどってきました。

「ほら見て……。ずうっと咲《さ》かなかったのに、やっとやっと咲《さ》いたの……」

マドちゃんはささやくようにいいながら、手の中の鉢植《はちう》えを二人《ふたり》の前にさしだしました。

そのときの二人《ふたり》の大きな大きな驚《おどろ》きと、深《ふか》い深《ふか》い感動《かんどう》と喜《よろこ》びといったら！

「……パロディアなんとかっていう、長い名前なんだけど、わすれちゃった。遠《とお》い遠《とお》い砂漠《さばく》の花なんだって……」

マドちゃんが、まるでマルジャーナのように、うっとりいいました。

それは、けわしいトゲにおおわれた、丸いサボテンの上に、ただひとつポッと咲《さ》いた、血《ち》のように赤い花でした。花びらの真《ま》ん中《なか》は、輝《かがや》くような白さで、ひとしずくの露《つゆ》が落《お》ちたなら、真珠《しんじゅ》のように見えるにちがいありませんでした。この世《よ》のものとも思えないほど、愛《あい》らしい花でした。

「……あった……！」

「うん……あったね……」

「……世界の果《は》てからきたんだね……」

「……こっちの世界の果《は》てまでね……」

ピピンとトムトムは、大きなため息《いき》とともに、かすれ声でいいました。

「何のこと？」

マドちゃんが首をかしげました。

「う、ううん、いや、べつに……。この花すごくきれいだね……」

ピピンがごまかし、トムトムもしきりとうなずいたあと、できるだけやさしい声でつづけました。

「あのさ、マドちゃん、火曜日なんだけど、このお花……ていうか、この鉢《はち》、学校の帰りに、ちょっと借《か》りてってもいいかな？　ちゃんと返《かえ》しにくるから……」

二人《ふたり》は鉢《はち》をだいじそうに持《も》ったマドちゃんをすがるように見つめ、手を合わせてたのみました。やさしいマドちゃんならきっといいといってくれるでしょう。ところが意外《いがい》にも、ぶるんと首をふったのです。

「……だめ。すごくだいじなんだもの」

でも、ピピンとトムトムの泣《な》きそうな顔を見て、いいたしました。「……何に使《つか》うのか教えてくれたら、貸《か》してあげてもいいけど……」

二人《ふたり》は顔を見合わせ、「マドちゃんならいいよね」というようにうなずきあいました。

こうして、まずピピンが、

「じゃあ、だいじなだいじな長い長い話、ちゃんと聞いてよ」

と前おきをし、二人《ふたり》はかわりばんこに、これまでのことを話したのです。

昼下《ひるさ》がりのおっとりした日がさす静《しず》かな庭《にわ》で、輝《かがや》くように咲《さ》く赤い花を前にして語られる、マルタさんとペルペルのこと、ヒツジの魔法《まほう》や魔女《まじょ》おばさんのこと、「ヨリンデとヨリンゲル」のことなどは、どれもみな、ふしぎだけれども、うそのような話には少しも聞こえませんでした。

ずっとだまって耳をかたむけていたマドちゃんは、最後《さいご》まで聞くと「ふうん」と声をもらしてから、はきはきと明るい声でいいました。

「うん、よーくわかった。あたしがこのお花を持《も》っててよかったねえ！　じゃあ、あたしもいっしょに行く。だって、ペーズリーさんなら知ってる人だもん！」

「……えっ？」

「ペーズリーさん？」

ほっとしたのもつかのま、二人《ふたり》は言葉《ことば》をのみこみました。

「うん。魔女《まじょ》おばさん、ペーズリーさんていう名前なの。うちのお店でも、ペーズリーさんとこの野菜《やさい》、売ってるよ」

「……えっ、じゃ、魔女《まじょ》おばさん、魔女《まじょ》じゃないってこと?」

まばたきしながら、やっとトムトムが聞きました。するとマドちゃんは首をかしげていいました。

「どうして? 人間のペルペルに魔法《まほう》かけて、ヒツジのペルペルにしちゃったんだもの、魔女《まじょ》なんじゃないの?」

この世《よ》のものとも思われない血《ち》のような花を持《も》って、当《あ》たり前《まえ》のように話すマドちゃんを見ていると、その言葉《ことば》もすんなり心に入ってきました。

「……じゃあペーズリーさんて、こわい?」

恐《おそ》る恐《おそ》るピピンがたずねると、マドちゃんは首をふりました。

「ふつうのやさしいおばさんだよ。行くと金貨《きんか》だってくれるし。だけど、魔法《まほう》がほんとに使《つか》えるってこと知らなかったから、びっくり。いいよね、そういうとくぎがあるって！」

「……そうだね」

「ほんとだね」

今まで、そういうふうに考えたことがなかった二人《ふたり》は、深《ふか》くうなずきました。

こうして、火曜日の放課後《ほうかご》、赤い花咲《さ》くサボテンの鉢《はち》を持《も》つマドちゃんを入れてぜんぶで五人が、魔女《まじょ》おばさんのところへのりこんでいくことになったのです。

「まさかマドちゃんちにあるなんてね」

「さすがマドちゃんだなあ」

「ほんとに、とうとうみつかったね……」

「やったね……」

「あしたとあさってはのんびりできるね……」

二人《ふたり》は大きな仕事《しごと》をなしとげたあとの、ぐったりしたような気持《きも》ちよさに包《つつ》まれながら、石《いし》だたみの道を歩いて帰りました。

でも、残念《ざんねん》ながら、ことはそううまくは運《はこ》ばなかったのです。

13　マルジャーナの奇跡《きせき》

火曜日の放課後《ほうかご》のこと、ピピンとトムトムは、うなだれながらときどき鼻《はな》をするマドちゃんの両《りょう》わきを、やっぱりうなだれながら、とぼとぼと歩いていました。マドちゃんは、両手でサボテンの鉢《はち》を持《も》っていました。学校にいるあいだじゅう、わくわくと胸《むね》を高鳴《たかな》らせていた三人は、学校がやっと終《お》わり、はりきってベジタ屋《や》にかけつけたところで、何たることか、ただのトゲトゲ坊主《ぼうず》になっていたサボテンを見たのです。しぼんでしまった花を、マドちゃんのお父さんがむしってしまったのでした。

「……仕方《しかた》ないよマドちゃん。おじさんだっていってたじゃない。しぼんだ花はすぐにとるほうがいいんだって。三、四日も咲《さ》いたら、しぼむものなんだって」

ピピンは何とかマドちゃんを元気づけたいと思いましたが、自分もがっかりしているので、声はどうしても暗《くら》くなりました。

「サボテンだけでも何とかなるって、ほんとう？　トムトム……？」

マドちゃんはつぶやきました。トムトムは、がんばってはげましました。

「ちゃんと咲《さ》いてたってのはたしかなんだもの、ぜんぜんききめがないとはいえないと思うな！　少なくとも、ためしてみる価値《かち》はあるさ！」

でも心の中では、それはきびしいだろうなあと思っていました。

「半分だけ若者《わかもの》になったら、やだな……」

マドちゃんが恐《おそ》ろしいことをポロリとつぶやいて、二人《ふたり》をドキッとさせたりもしました。

三人がドレミファ荘《そう》につき、重い足どりで二階《かい》までのぼると、ちょうどそこへ、山《やま》登《のぼ》りのかっこうをしたチェントさんがおりてきました。

「あ、マドちゃん！　聞いたわよ、マドちゃんが持《も》ってたんだってね、魔《ま》法《ほう》をとくお花。すごいわ、マドちゃん。……あら？　そのトゲトゲ坊《ぼう》主《ず》はなあに？」

ピピンとトムトムがかわって懸命《けんめい》に答えました。

「チェントさん。これがそれなんだよ。マドちゃんが育《そだ》てたサボテンに、やっと咲《さ》いたんだよ」「すっごくきれいだったの！　たまたまきょう、しぼんじゃって、それでむしられちゃったんだけど」「でもききめがまったくないわけ

じゃないと思うんだ……その、半分とける、とかじゃなくてだよ」「ね、チェントさんもそう思うよね？」

マドちゃんがぐすんと鼻《はな》をすすりました。

チェントさんは、「あらまあ、そうだったの」と同情《どうじょう》するように大きくうなずくと、サボテンの頭をじいっと見てから、小さなぽつんとしたでっぱりを、そっと指《ゆび》さしました。

「ほーらやっぱり。ほら、これはつぼみよ。今度《こんど》はこれが咲《さ》くわ」

「えっ？　ほんと？」

マドちゃんが明るい声をあげ、ピピンとトムトムも首をつきだしました。

たしかに、開《ひら》くのをじっと待《ま》っているような、小さな丸いつぼみが、ちょこんとふくらんでいたのです。

「うわあ、やった……」

三人の顔にぱあっと笑《え》みが広がりました。

もっとも、かすかにぷつんと見える点のような赤色が今すぐに花びらとなって開《ひら》いていくとは、とても思えませんでした。

するとそのとき、ガチャリと音がして、そばのドアが開《ひら》きました。外のはしゃぎ声につられて、出てきたのでしょう、そこには、チェントさんとマドちゃんがまだ見たことのない、アラビアンナイトのおひめさまみたいなかっこうをしたマルタさんが立っていました。丸い顔のまわりでうすいベールがひらっとし、それをおさえる金色の輪《わ》っかがきらんと光りました。はいているのも、ふわふわした薄紫《うすむらさき》色のモンペのようなものでした。

「わあ……マルタさん、きれい……」

「んまあ……マルタさん、きれい……」

マドちゃんとチェントさんが、思わず声をもらしました。ピピンとトムトムは心の中で「きょうはマルジャーナで行くんだな」と納得《なっとく》しました。

マルタさんが、マドちゃんのサボテンを見るなり、意外《いがい》そうに目をぱちくりさせました。

「まあ、マドちゃんのところでみつかったっていう、魔法《まほう》をとくだいじなものってそれだったの？」

一瞬《いっしゅん》、みんなだまりこんだあと、ピピンがいいました。

「あのね、だいじなのは、真《ま》ん中《なか》が真珠《しんじゅ》みたいで、血《ち》のように赤い花なんだよ。その花、きのうまで、ここにちゃんと咲《さ》いてたの。……でね、つぎのつぼみは、あともう少しで咲《さ》くところなの……」

トムトムもいいました。

「行く日が、きのうかあしたくらいだったら、もっとよかったんだけど……きょうでも、まあまあだと思うんだ」

チェントさんもいいました。

「そうですとも。つぼみでも何とかなるわよ。力は中に持《も》ってるはずだもの」

マルタさんはさっきから、開《ひら》いたドアの取《と》っ手《て》に手をかけたまま、黙《だま》っていました。

と思うと大きく息《いき》を吸《す》い、

「あたし、わかったわ……」

と吐《は》く息《いき》とともにいったのです。

「あたしね、ペルペルのところに行くのに、どんなかっこうで行ったらいいか考えて、この服《ふく》を着たの。でも、一つ何か、だいじなものを忘《わす》れてる気がしてたのに、それがなんなのかわからなかったの。でも、今、やっとわかったわ」

そしてマルタさんは、「待《ま》っててね」というと、部屋《へや》にもどっていきました。

まもなくもどってきたマルタさんを見たとき、玄関先《げんかんさき》できょとんとしながら待《ま》っていた四人は、いっせいに、

「わああっ！」

と声をあげたのです。

マルタさんのひらひらのブラウスの胸《むね》には、真《ま》ん中《なか》が大きな真珠《しんじゅ》になった、血《ち》のように赤い、それはそれは美《うつく》しいブローチがとめられていたのでした。消《き》えた花がふた

たび今――または小さなつぼみがたった今――、大きく開《ひら》き、真《ま》ん中《なか》にきらきら光る露《つゆ》をのせたようでした。
「ペルペルがひっこしていくときに、プレゼントしてくれたブローチよ……。いちばんだいじなときにこれをつけようと思ってて、ずっとしまってたの。まるでぴったりきょう、咲《さ》いたみたいじゃない？」
マドちゃんが、ほーっと息《いき》をつきました。
「よかったあ。あたし、このサボテンでためしてみるの、ほんとはちょっといやだったの。だって、チクチクして、ペルペル、きっと痛《いた》いと思うもの。じゃ、これ置《お》いてくね！」

ほんとうにそうでした。

こうしてみんなの気持《きも》ちが一気《いっき》に明るくなり、ぜんぶで五人は、ぞろぞろとドレミファ荘《そう》を出発《しゅっぱつ》したのでした。


三時のおやつがほしくなるような、のんびりした午後《ごご》のこと、登山《とざん》の服装《ふくそう》をした百一歳《さい》のおばあさん、頭の先から足元までひらひらした、まだ少し足もとのおぼつかない娘《むすめ》さん、そして元気な女の子と男の子二人《ふたり》という、奇妙《きみょう》な一団《いちだん》は、何度《なんど》も休みながらも、花咲《はなさ》く春の山道を楽しくのぼっていきました。これから起《お》こることを考えると、老《お》いも若《わか》きも、ドキドキわくわく、心もからだもはずみました。

小一時間もかかったでしょうか。ついに、魔女《まじょ》おばさんの住《す》む、かしいだような小さな家が行く手にあらわれ、田舎《いなか》びた匂《にお》いをのせた風がみんなの鼻《はな》をくすぐりました。やがて、太ったおばさんが、丸い背中《せなか》をむけて、庭仕事《にわしごと》をしているのも見えました。

近づいていくと、腰《こし》をかがめていた魔女《まじょ》おばさんがふりむいてのびあがりました。

いつものように、スカーフもスカートもエプロンも、みなくるくるのペーズリー模様《もよう》です。

「こんにちは、ペーズリーさん！」

マドちゃんがふだんどおりに声をかけました。

「おやマドちゃん、こんにちは」

それからおばさんは、ほかのみんなにむかって、

「みなさんがたもこんにちは！」

とあいさつしました。

ところがチェントさんは、さっきからめがねのツルを指《ゆび》でもちあげ、首をつきだし、じいっとじいっと魔女《まじょ》おばさんの顔を見つめるばかりでしたし、マルタさんはマルタさんで、魔女《まじょ》におびえるようにベールで顔をかくしながら、ペルペルはどこかしらと、目をきょときょとさせているばかりで、二人《ふたり》とも何もいいません。これでは、「いったいぜんたい、この失礼《しつれい》な人たちは何者《なにもの》かね？」と警戒《けいかい》されてしまうでしょう。とっ

さに機転《きてん》をきかせたのはトムトムでした。

「……羊飼《ひつじか》い羊飼《ひつじか》い！　羊飼《ひつじか》いにご用のかたはおらんかね！」

トムトムはいきなりそうよばわったあと、声の調子《ちょうし》を変《か》えていいました。

「こんにちは、そのせつはごひいきに。ぼくたち、きょうは非番《ひばん》なんで、友だちみんなと、ちょいと散歩《さんぽ》をしてるんです。ペルペルは元気ですか？」

「ああ、そういやあ、羊飼《ひつじか》いのにいさんたちだねえ。そうかい、みんな友だちかい。それはそれは。ペルペルなら、そのあたりにいるはずだよ」

にっこりした魔女《まじょ》おばさんは、

「ペルペール！　ペルペール！」

と甲高《かんだか》い声で呼《よ》びました。

するとまもなく、家のかげから、真《ま》っ白《しろ》いふわふわのかたまりのようなペルペルがトコトコとあらわれ、「メヘヘヘヘエ～」と鳴きました。

みんなはさすがに緊張《きんちょう》して、棒《ぼう》のようになりました。ついに赤い花で魔法《まほう》をとくときがきたのです。

マルタさんが、つつつっとペルペルに近よりました。あとの四人は、つったったまま、マルタさんとペルペルをじっとみつめました。魔女《まじょ》おばさんが、

「ほおらペルペル。きれいなお嬢《じょう》さんにごあいさつをおし」

と、やさしく声をかけました。

マルタさんは、ふわりとしゃがみ、ブローチをとめた胸《むね》に、ペルペルをそっと抱《だ》きよせました。

「メへへへへ〜」

ペルペルがうっとりと鳴きました。

14　ペルペルとペルペル

マルジャーナは、腕《うで》からそっとペルペルを放《はな》しました。

「メヘヘヘヘ〜」

ペルペルはもう一度《いちど》鳴くと、うれしそうにトコトコトコッとはね回り、それからふたたび、家のかげへと姿《すがた》を消《け》しました。

「ペルペルはすぐにいなくなるけど、またちゃんともどってくるのさ。よーくなついてるからね！」

おばさんが、腰《こし》に手をあてながらいいました。と、次《つぎ》の瞬間《しゅんかん》――。

「メヘヘヘヘ〜」

と声がし、今ペルペルが消《き》えた家のかげから、何と、巻《ま》き毛《げ》の美《うつく》しい若者《わかもの》があらわれたのでした！

「……あ……」

五人は息《いき》をもらしました。だって、ほんとうにほんとうに、ちゃんと魔法《まほう》がとけたのですから……。あんまり長いことヒツジだったせいで、まだちょっとヒツジのところが残《のこ》っていて、それで「メヘヘ～」といったにちがいないとしても、半分などではなく、まるごとすっかり人間の姿《すがた》にもどったのです。こんなに感動的《かんどうてき》なことが、またとあるでしょうか……。

「ああ、長生きはするもんだ

ねえ……」

チェントさんはやっとそうつぶやいて、目がしらをおさえました。ピピンとトムトム、それにマドちゃんの三人は、夢《ゆめ》を見ているようにぼうっとしたまま、若者《わかもの》を見つめていました。

若者《わかもの》のほうも、あらわれたきり、その場にぴたりと立ち止まったままでした。若者《わかもの》は、マルタさんではなくピピンをみつめて、目を丸くしていたのです。ところがそこで、

「……ペルペル、ペルペルなのね？」

と、マルタさんが、吸《す》いよせられるように、若者《わかもの》のところまでかけよりました。

若者《わかもの》は、マルタさんに気づいて、戸惑《とまど》ったようにつぶやきました。

「え、ええ、そ、そう、ペ……ペルペル……ですが……」

「いいのよいいのよ、すぐにじょうずに話せなくても無理《むり》ないわ。ああ、ペルペル！あたしよ、マルジャーナよ！」

マルタさんが若者《わかもの》の手をとりました。

「……えっ？」

若者《わかもの》が叫《さけ》び、つづけてチェントさんとマドちゃんも、

「えっ？」

といいました。だって二人《ふたり》は、「マルジャーナ」という秘密《ひみつ》の名前を知らなかったのですからね。

若者《わかもの》は、自分からマルタさんの手を取《と》りかえすと、興奮《こうふん》した声でいいました。

「マルジャーナ？　えっ、それじゃ、きみがマルジャーナなの？　ああ驚《おどろ》いた。ぼくったら、あの男の子がきみだとばかり思って、わけがわからなくなったんだ。だってまだ十歳《さい》くらいだし、それに男の子みたいだしさ。ああ、ほんとうだ、たしかにきみこそ、マルジャーナだ！　それにそのブローチ……。ちゃんと持《も》っててくれたんだねえ！　……だけど、やっぱりまだわけがわからないよ。だって、どうしてきみがここにいるのさ！」

「まあ！　どうしてもこうしても……！」

わたしが魔法《まほう》をといてあげたんじゃないの、といいたい思いでマルタさんは言葉《ことば》をつまらせました。もしかすると、ヒツジだったときのことは、すっかり忘《わす》れてしまったのでしょうか。

と、そのとき、「メヘヘヘ～」と別《べつ》のほうで鳴き声がし、みんなはつられてそちらをむきました。すると、家の反対側《はんたいがわ》のかげから、ペルペルがトコトコ歩いてくるではありませんか！　若者《わかもの》に姿《すがた》を変《か》えたはずの、あのヒツジのペルペルが！

魔女《まじょ》おばさんが、「おおよしよし、いい子だ、いい子だ」といいながら、ペルペルをつかまえて、よっこらしょとだきあげると、笑顔《えがお》で若者《わかもの》のほうに近づいていきました。

「いらっしゃい、ペルペル、ひさしぶりだねえ。待《ま》ってたんだよ、あんたがくるの。こちらのお嬢《じょう》さんと友だちだったとは、なんちゅうぐうぜんだろうねえ。……ほうら、ヒツジを飼《か》いはじめたんだよ。よっこらしょ、重くなったこと。あんたの名前をとって、ペルペルにしたの。ほらペルペルちゃん、わたしの甥《おい》のペルペルだよ。ヨロシクって！」

マルタさんはもちろん、ピピンもトムトムもマドちゃんもチェントさんも、ただもう、目をぱちぱちさせて、言葉《ことば》をなくしていました。

若者《わかもの》のペルペルが、ヒツジのペルペルにいいました。

「さっき家のかげで会ってあいさつしたよね。そうかきみもペルペルなんだね、よろしくね！」

そして、ふたたびマルタさんにむかっていいました。

「まさか、ここできょうきみに会えるとは思ってもいなかったよ。だって、あの約束《やくそく》の日までは、まだ三日あるだろう？　ぼくは手紙を書くのが苦手《にがて》だから書かなかったけど、その日がくればきみに会えるって思っただけで、この十年、ずうっとわくわくしてたんだよ。だから、学校の試験《しけん》が終《お》わったとたん、がまんできずに飛《と》んできたんだ。約束《やくそく》の日まで、ペーズリーおばさんちで畑《はたけ》のてつだいをしながら心の準備《じゅんび》をしようと思ってね。……ああ、何度《なんど》も思い出したよ。〈五月最後《さいご》の日だからまちがいっこないね〉って、きみと話しながら丘《おか》をくだったことまでも。そしてくり返《かえ》しととなえたよ。〈二十歳《はたち》の五月三十一日午後三時〉ってね！」

「五月三十一日？……」

マルタさんがつぶやいて、一瞬《いっしゅん》、息《いき》をとめたあと、顔を赤らめながら、「あたしもくり返《かえ》しとなえたわ。〈二十歳《はたち》の五月三十一日午後三時〉って……」といいました。

ピピンとトムトムは、もう少しで「ほお〜」といいそうになり、チェントさんは、あやれやれというように、ひたいをおさえて、天をあおぎました。

それから一同は、魔女《まじょ》おばさん――いえ、ペーズリーさんにまねかれて、ぞろぞろと玄関《げんかん》から家の中に入りました。異国《いこく》の香《かお》りのような、ふしぎないい匂《にお》いがつんと鼻《はな》をさしました。

そこは、ピピンとトムトムがのぞいた台所《だいどころ》とはおおちがいの、はなやいだあたたかい感じのする居間《いま》でした。ペーズリー模様《もよう》の壁《かべ》には、古めかしい絵が飾《かざ》られ、真《ま》ん中《なか》に置《お》かれた丸テーブルには、ペーズリー模様《もよう》のクロスが掛《か》かっていて、ペーズリー模《も》様《よう》のお茶帽子《ちゃぼうし》がのっていました。

チェントさんは肘《ひじ》かけ椅子《いす》に、ペルペルとマルタさんは手をとりあって二人《ふたり》がけの椅子《いす》に、ピピンとトムトムとマドちゃんの三人はヒツジのペルペルをだいてソファーに、それぞれすわりましたが、どの椅子《いす》の布《ぬの》も、やっぱり美《うつく》しいペーズリー模様《もよう》でした。

ピピンたちのところからは、あいたドアを通して台所《だいどころ》が見えました。壁《かべ》に、ひねたにんじんがぶらさがっているのも見えました。この前見た台所《だいどころ》のはずなのに、なぜかあまり、奇妙《きみょう》な感じはしませんでした。

「一度《いちど》にこんなにたくさんのお客《きゃく》がきてくれるとはねえ！　ちょいと子どもたち、お茶の用意をてつだっとくれ。おいしいカミツレ茶をいれるからね！」

ペーズリーさんがそう声をかけたとき、玄関《げんかん》の呼《よ》び鈴《りん》がなりました。

「あ、そうだった。きょうはあの二人《ふたり》もくるんだった！」

ペーズリーさんは、ころころと玄関《げんかん》にむかえに出ました。

まもなく居間《いま》じゅうが、「あーっ！」という、すっとんきょうな声にあふれました。ペーズ

リーさんと両方《りょうほう》のペルペル以外《いがい》、全員《ぜんいん》が一度《いちど》にあげたのです。なぜならあらわれたのは、大きな袋《ふくろ》をかかえたドラさんとレミさんだったのですから。

「……チェ、チェントさんまで、いったいなぜここに？　こんな山の上まで……」

「それにマルタさん、劇《げき》の衣装《いしょう》なんか着《き》て、いったいどうなさったの？　第一《だいいち》、足はだいじょうぶなの？」

ドラさんとレミさんが、めがねの奥《おく》の目を見開《みひら》いてたずねました。

チェントさんもマルタさんも、もごもごいいながら、ピピンたちに助《たす》けをもとめました。

「だ、だってほら、こんなにお天気がいいからさ、お散歩《さんぽ》にね……」

ピピンがあわてると、

「とにかく、お茶のおてつだいおてつだい！」

と、トムトムがピピンとマドちゃんをうながしたのでした。

15　ほんとうの魔法《まほう》

大きなガラスびんの中から、乾燥《かんそう》した黄色の小花をシャリシャリとスプーンですくってポットに入れ、熱《あつ》いお湯《ゆ》をそそいだあと、お茶帽子《ちゃぼうし》をかぶせて五分。香《かお》りたつカミツレ茶がみんなにふるまわれました。子どもたちとチェントさんは、ハチミツを入れました。

「ああ、おいしい。頭と足の疲《つか》れがすーっと引いていくようよ」

チェントさんは目をとじて、ゆっくり味わいながらいいました。

「ペーズリーさんがお庭《にわ》からつんで作った手作りなんですよ」

ドラさんがいうと、

「ペーズリーさんのハーブティー、何でもおいしいんです。うちにもありますから、チェントさん、いろいろ試《ため》しにいらしてくださいな！」

とレミさんがいいました。

「あら、ありがと、うれしいわ」

そういいながらチェントさんは、それでいったい、この二人《ふたり》は何しにここにきたのかしらと考えていました。すると、まるでそれに答えるかのように、ドラさんが、すっくと背筋《せすじ》をのばしながら、話しはじめました。

「ペーズリーさんには、ずっとたまごを分けてもらってたんですけれど、このごろは、二人《ふたり》で薬草《やくそう》のことを教えてもらってるんですの。

ごらんになりました？　裏《うら》にある、みごとな薬草園《やくそうえん》。そこの薬草《やくそう》でもって、ハーブティーだけじゃなく、神経痛《しんけいいつう》の塗《ぬ》り薬《ぐすり》や、若返《わかがえ》りのオイルなんかまで、いろんなものが作れるんですのよ。ペーズリーさんは薬草講習会《やくそうこうしゅうかい》の先生を頼《たの》まれるほど、何でもよく知ってるんですの」

レミさんが、そのとおり、というようにうなずきました。

ドラさんはそこで、マルタさんのほうをむくと、白状《はくじょう》するようにいいました。

「じつはね、きょうここにきたのは、ペーズリーさんに教わりながら、ねんざによくきく薬《くすり》を作ってあげようと思ったからなのよ。松葉杖《まつばづえ》がとれたと思って安心《あんしん》しすぎると、また悪《わる》くすることがあるそうなの。ニワトコの枝《えだ》やら皮《かわ》やらを煎《せん》じてね、その汁《しる》で湿布《しっぷ》をすると、あとのためにいいんですって。だからこの前、わたしたち、〈ちいさ森〉まで行って、葉《は》っぱや古《ふる》い枝《えだ》をとってきたの。ほら、それがそうなのよ」

ドラさんは居間《いま》のすみに置《お》いた、ゴツゴツした大きな袋《ふくろ》を指《ゆび》さし、「できたら届《とど》けようと思って、ないしょにしてたのよ」といたずらっぽくいって、お茶《ちゃ》をすすりました。

ピピンとトムトムは目を合わせて、カメのように首をひっこめあいました。

マルタさんは感激《かんげき》し、

「んまあ、ニワトコの湿布《しっぷ》ですって？　なんてすてきなのかしら！　ドレミファ荘《そう》のかたって、なんてみなさん、やさしいのかしら！」

といって、まつ毛をぱちぱちさせました。

レミさんが、手をひらひらと、謙遜《けんそん》するようにふりながらいいました。

「いいえ、作ってみるのが楽しいのよ。だってペーズリーさんのまねをして、その台所《だいどころ》で、大《おお》なべをかき回したり、すり鉢《ばち》ですりつぶしたりしてると、なんだか、魔《ま》女《じょ》の見習《みなら》いにでもなった気がするんですもの。……あ、でもべつにペーズリーさんが魔女《まじょ》だってことじゃないのよ」

レミさんはあわてていい添《そ》えました。

もっとも、人間をヒツジに変《か》えたわけでも、毒薬《どくやく》を作っていたわけでもないとわかった今、ペーズリーさんの正体《しょうたい》をまだいくらか疑《うたが》っていたのは、チェントさん一人《ひとり》でした。だって見れば見るほど、ペーズリーさんは、若《わか》いころに見た魔女《まじょ》おばさんにしか見えなかったからです。

そのとき、床《ゆか》にすわってヒツジのペルペルとじゃれていたマドちゃんのポケットから、チャリンと音たてて金貨《きんか》が落《お》ちました。それを見て、さっきからマルタさんと手をとりあったまま、ずっと静《しず》かにほほえんでいた若者《わかもの》のペルペルが、

「あっ」

と声をあげました。

「やあ、なつかしいなあ。その金貨《きんか》、ぼくも子どものときにもらったよ。ぼくは、ひいばあちゃんからもらったんだけどね」

「あたしたちはペーズリーさんからよ！」

マドちゃんがいうと、ペーズリーさんはおなかからぶらさげた小袋《こぶくろ》をチャリチャリいわせて、中から一枚《まい》、金貨《きんか》をとりだしてにこっとしました。初《はじ》めて見る人たちが、ハッと息《いき》をのみました。

「……ほんもの、ですの？」

ドラさんがめがねのツルに指《ゆび》をかけました。すると、

「いんやあ。びんのふただよ」

と、あっさりペーズリーさんがいいました。「うちのばあちゃんが昔《むかし》飲《の》んでた薬《くすり》のびんのふた。ばあちゃん、ぜんぶとってたんだねえ。子どもにあげるとみんな喜《よろこ》んでくれるから、わたしも捨《す》てないでこうして持《も》ってるわけさ」

びんのふただったとは……と、ピピンとトムトムは、拍子抜《ひょうしぬ》けしました。

ドラさんとレミさんは金貨《きんか》を持たせてもらい、ためつすがめつながめてから、

「でもまるでほんもののみたいだわ……」

とつぶやきました。

「まあ、ばあちゃんのことだから、まじないでも唱《とな》えて何かちょいとやらかしたかもしれないけどね。よかったらあんたがたもどうぞ。いくらでもあるんだから」

ペーズリーさんは、ぽんぽんと小袋《こぶくろ》をたたきました。

するとペルペルが、ペーズリーさんにむかって、神妙《しんみょう》な声でいいました。

「おばさん、じつはぼく、さっきから思ってたことがあるんです。おばさんは、マルジャーナがつけてる、この花のブローチに見覚《みおぼ》えがありますか？　これ、子どものと

き、ひいばあちゃんがくれたんです。だいじな女の子にあげなさいって。ぼくはそれを、マルジャーナにプレゼントしました。……なんかぼく、きょうここでマルジャーナに会えたのは、このブローチの魔法《まほう》のせいのような気がするんです。ほら、ひいばあちゃんて、今もおばさんがいったように、おまじないを唱《とな》えたりして、ちょっぴり魔力《まりょく》があったっていうでしょう？」

ペーズリーさんは、そこで初《はじ》めてマルタさんの胸《むな》もとを見つめ、それからぱっと顔を輝《かがや》かせました。

「あれまあ！　そうだともそうだとも！　ばあちゃんがつけてたのをおぼえてるよ！　なるほどねえ、そりゃあきっとペルペルのいうとおりだよ」

ペーズリーさんが、みんなの顔を順番《じゅんばん》に見ながらいいました。

「ペルペルのひいばあちゃん、つまりわたしのばあちゃんてのはね、ちょっとその手の人だったんですさ。わたしくらいの年まで、町の四《よ》つ辻《つじ》に住《す》んでたそうでね、歩いてる人を窓《まど》から見て、ぎゅっとこう目に力を入れると、ころりところばすことができたそうでね、おもしろがって、こっそりころばせて遊《あそ》んでたんだそうですさ」

「へーっ、すごーい！」

「わ、いいなあ！」

「で、それでどうなったの？」

子どもたちが身《み》をのりだし、たてつづけに聞きました。

「それがあるとき、ころんでけがした人が出ちまって、ばあちゃんは大いに反省《はんせい》したらしく、それで、窓《まど》の外をめったに人が通らないこの場所にひっこしてきて、ニワトリを飼《か》って、畑《はたけ》を始《はじ》めたんですとさ」

ペーズリーさんは、なつかしそうに半分目をとじながらつづけました。

「わたしはばあちゃんから薬草《やくそう》のことをいろいろ教《おそ》わったんですさ。そしてばあちゃ

んが亡《な》くなったあと、この家に住《す》むことにして、ばあちゃんのものを、そっくりそのまま使《つか》わせてもらってるんでさあ。家の中のものも、この服《ふく》も、それに金貨《きんか》も、何もかもさ。ばあちゃんを知ってる人によくいわれるんですさ。昔《むかし》のばあちゃんに、うり二つだねって。もっともわたしは、これっぽっちも魔法《まほう》は使《つか》えないけどね」

ペーズリーさんの話を聞いて、だれよりも深《ふか》くうなずいたのはチェントさんでした。チェントさんには、もう一つ、どうしてもうなずかなければならないわけがあったのです。若かったころ、なぜ四《よ》つ辻《つじ》でしょっちゅうころんだのか、その理由が百一歳《さい》になった今、やっと明らかになったからでした。

魔法《まほう》を信《しん》じてきょうここまでやってきた五人――ピピンとトムトムとマドちゃんとチェントさんとマルタさんは、それぞれの心の中で、しみじみと思いました。魔法《まほう》なんか結局《けっきょく》なかったようにみえて、どこかにちゃあんとあったのだと。きっとそのおかげで、昔話《むかしばなし》のふしぎもよみがえり、真《ま》ん中《なか》が真珠《しんじゅ》のようで、血《ち》のように赤い花が、二十歳《はたち》のマルジャーナと二十歳《はたち》のペルペルを会わせてくれたのだと。

マルタさんが、丸い顔をつやつやと光らせ、とっておきのクリーム声でいいました。

「ニワトコの湿布《しっぷ》の治療《ちりょう》が終《お》わったら、ドレミファ荘《そう》のみなさんもいっしょに、洞窟《どうくつ》の前のシロツメクサの原っぱにきていただけますか？　わたしはそこで、マルタじゃなく、草原の舞姫《まいひめ》マルジャーナになって、すてきな踊《おど》りを披露《ひろう》します！」

「ぼくはそのときまたくるね！」

ペルペルがいいました。

ドラさんとレミさんは、「マルジャーナ」というのは劇《げき》の役《やく》の名前で、ペルペルもその素人劇団《しろうとげきだん》の仲間《なかま》なのだろうとかってに納得《なっとく》しながら、

「必《かなら》ずみに行くわ、マルジャーナ！」

「まめにニワトコの湿布《しっぷ》をして、ちゃあんと治《なお》すのよ、マルジャーナ！」

と、応援《おうえん》しました。

「じゃあ、ぼくたちはそのとき、リコーダーを吹《ふ》くよ！」

ピピンもマルタさんに負《ま》けずにほっぺたを輝《かがや》かせていいました。トムトムが、

「《かえるの合唱《がっしょう》》をかい？」

と、ひそひそ声でからかい、二人《ふたり》は、肩《かた》をすくめてくすっと笑《わら》いました。するとヒツジのペルペルも、わかったように、

「メヘヘヘヘ〜」

と鳴きました。

ペルペルの魔法　ピピンとトムトム物語

たかどのほうこ(高楼方子)
函館市生まれ。『へんてこもりにいこうよ』『いたずらおばあさん』で路傍の石幼少年文学賞、『キロコちゃんとみどりのくつ』で児童福祉文化賞、『十一月の扉』で2001年産経児童出版文化賞、『おともだちにナリマ小』で2006年産経児童出版文化賞とJBBY賞を受賞、『わたしたちの帽子』で、赤い鳥文学賞、小学館出版文化賞を受賞。児童読み物に「いたずら人形チョロップ」シリーズ（ポプラ社）、「ピピンとトムトム物語」シリーズ（理論社）などがある。近刊に『リリコは眠れない』(あかね書房)『おーばあちゃんはきらきら』（福音館）『ニレの木広場のモモモ館』（ポプラ社）などがある。札幌市在住。

さとうあや(佐藤彩)
千葉県生まれ。セツ・モードセミナーに学ぶ。読み物の挿絵に『ネコのタクシー』『ネコのタクシーアフリカへ行く』『バレエをおどりたかった馬』『おばけのおーちゃん』『ねこのドクター小麦島の冒険』『ケイゾウさんは四月がきらいです』（以上福音館）『ピピンとトムトム』『ドレミファ荘のジジルさん』（理論社）『ようふくなおしのモーヌ』（のら書店）。絵本に『ともだち』（偕成社／木坂涼作）『ふみきりのかんたくん　』(教育画劇／藤巻吏絵作）『セロ弾きのゴーシュ』(三起商行／宮沢賢治作)『よんでよんで』（教育画劇／ときわひろみ作）などがある。神奈川県在住。

作者　たかどのほうこ
画家　さとうあや
発行者　齋藤廣達
編集　芳本律子
発行所　株式会社 理論社
〒103-0001　東京都中央区日本橋小伝馬町9-10
電話　営業 03-6264-8890　編集 03-6264-8891
URL　http://www.rironsha.com

組版・デザイン協力　アジュール
印刷・製本　中央精版印刷

2015年11月初版
2015年11月第1刷発行

マークデザイン　名久井直子

ISBN978-4-652-20128-2　NDC913　A5変型判　21cm　175P